U0469838

谢六逸全集

谢六逸——著
刘泽海——主编

九

贵州出版集团
贵州人民出版社

文艺与性爱

文艺思潮讲稿（上）

东洋文学史（手稿）

《文艺与性爱》

[日]松村武雄著,谢六逸译,上海:开明书店,收入"文学周报丛书",1927年9月初版;1928年2月再版;1929年7月三版。该书为[日]松村武雄据摩台尔的《近代文学与性爱》节写,由谢六逸译出。

《谢六逸全集》以上海开明书店1927年9月版为底本。

《文艺思潮讲稿》(上)

藏中国现代文学馆。

《谢六逸全集》以中国现代文学馆藏本为底本。

《东洋文学史》(手稿)

藏中国现代文学馆。

《谢六逸全集》以中国现代文学馆藏本为底本。

目　录

东洋文学史(手稿)

文艺与性爱

前　记

这是日本松村武雄博士几年前发表的一篇论文，到现在还不见刊为单行本。松村氏是日本著名的童话学者，又研究精神分析学（或作心理分析）亦颇有名，关于这一类的著书有好几种。

这篇论文里面，松村氏介绍了莫特尔氏的《文学里之性爱的动机》（A. Mordell：*The Erotic Motive in Literature*，1919）一书，原文大半是根据这书写成的。莫特尔的原书颇有趣，我们在未读莫特尔氏的著书以前，先阅松村氏的这篇文章，更容易提起我们研究的兴味。

“一种杰作，初非无故产生，必与作者的生活有莫大的因缘。”这是译者译了后的一点感想，至于精神分析学是一种新兴的科学，它的价值，在心理学界自有批判，用不着我们外行人多说;不过借心理分析来评衡作家的内部生活与作品,在我以为颇有趣味。

我还没有译好莫氏的《文学里之性爱的动机》以前,先借松村氏的文章当作"案内者"。

我的译文曾发表于某年的《文学旬刊》上,我于自己或译或写的稿件,向来是不会保存的;幸亏赵景深兄处留有一份,因此我能将它付印,对于景深兄很是感谢!

1927[年]9月1日,译者志

代　序

“头陀生来愚拙，不惯谈龙谈虎，只得说猫说狗。”洒家宏徒是也，蓬莱数载，访仙未遇；泛桴回来，走投无路。虽久已皈依我佛，却还贪恋酒、肉、声、色，有时野性发作，便也东涂西抹，胡诌几句，送去杂志补白；换得银钱，好买咖啡、卷烟、花生米……今日天气晴和，不免模仿东土亚美利加洲辛克勒亚上人，学他把《火油》抱在胸前，站立闹市贩卖。这个主意不错，行行走走，不觉已来到了十字街头。待我把书摆开来，叫喊几声则个——

“过路的客官们，快来快来！……”

“什么？说，怕这书里所记的不是真实的，不肯买吗?”

“既然不肯买，就奉送一册看看也罢!”

“什么？说,正埋头于什么性教育之类的研究,就送一册也不愿意看吗?”

“……”

第一章　绪言

距今二十余年前,维也纳大学精神病学教授西格蒙·弗洛特(Dr. Sigmund Frued),他向科学的海中,投入一块大石——就是他公布了关于精神病的一种新疗法的论文,接着又对于表现在梦,神话,艺术,儿童性欲,日常生活里的忘却谬误、钝智滑稽等,下了尖锐深刻的解释。学界因为他的学说奇特,反一时陷入麻痹状态之中,但不久便由茫然自失里醒觉过来,争研究祖述他的学说了。至于现在,精神分析学在科学界占了极确实的地步,有呵卜拉哈姻、卜利耳、莫特尔、弗林克、许吉曼、何耳特、琼斯、庸格、勒·南格、惠特、何尔等学者续出,互于欧美。

据精神分析学:1. 人类所抱的愿望,因为种种事情,受了抑压作用(Vardrangung),沉下无意识界了。2. 可是这愿望并非死灭,仍旧无意识,永久生存着的。3. 到抑压作用消除后,再现于表面。4. 那些愿望,都是由性的冲动所构成的。5. 无意识有连续性(原始的),为在意识以上,构成人格的重大要素。6. 此等无意识的愿望、抑压及发现,在患精神病的人，最显而易见的。

精神分析学者认识精神病在一方面，显示出与人类最大的产物——艺术、宗教、哲学等的著名的符合点。弗洛特在 *Totem and Taboo* 里面说:"歇斯的里(Hysteria，精神病)为艺术的创造的戏画，强迫神经病(Compulsion Neurois)是宗教的戏画，无活气的妄想(Paralytic Delusion)为哲学系体的戏。"

他们根据这种符合点的存在，以精神分析学的学说，加入宗教、艺术的解释里。宗教方面，弗洛特所著的 *Tatem and Taboo* 便是最大的收获；文艺方面，莫特尔的《文学里的恋爱动机》(*Erotic motive in Literature*)是最详细的考察之一。现本莫特尔所说及弗洛特、琼斯等人的考察，介绍"文艺的精神分析学的研究"。

第二章 “母子错综”与文艺

一、“耶的卜司错综”

据弗洛特的学说，凡人在幼年时期，就有了性欲冲动与性欲的生活，例如儿童喜欢发出关于性的质问，给舌、唇、口腔、直肠、尿道口、皮肤及其他的感觉方面（弗洛特名这些部分为“色情带”）以刺激，而觉快感的错综，又如陷于耶尼司所谓的“自己色情”等事实，都可以证明的。

在这个时期，因为儿童的经验的范围很狭小，他们的性的对象，是以父母为主。即是男儿感触母性的爱，愿望排斥专有母爱的父亲；女儿则感触父性的爱，愿望排除独占父爱的母亲。弗洛特名这种性欲错综为“耶的卜司错综”（Oedipus Complex），盖基于希腊的传说：相传耶的卜司杀其父而与其母结婚这个事象，最能代表性欲的错综（故名曰“耶的卜司错综”）。耶的卜司错综的解释，包含三个错综：1.“父女错综”；2.“母子错综”；3.“兄弟姊妹错综”。

艺术家是一个人,所以不得不经验这种心理。据沙得加的分析:诗人勒洛与其母亲,在相互间,感触强烈的爱情。传说勒洛自云:非与幼时的家庭生活具同一条件,无论怎样的妇人,都不能相爱。对于苏菲、对于蓓儿萨的爱,也是这样。

莫特尔以为法国的大喜剧家莫里哀、英小说家沙克莱,都是这一种人。二人对于他们的母亲,有强的性爱,但二人在少年时,便将性的对象(母亲)失了。这些大艺术家,因此乃大苦恼。而莫里哀的喜剧《嫌人者》(*Le Misanthope*)里面所渗透的嫌人主义与沙克莱的《虚荣》(*Vanity Fair*)里的讽刺主义,都是这种苦恼的反映。同时莫里哀与某婀娜者结婚,沙克莱与卜耳格菲儿夫人相恋,都是将伊们当为化装的母亲。

拉司金也对于两亲(以母亲为甚)有奇异的爱情,他终身曾经怎样地爱他母亲,他的自叙传 *Praeterita* 里很可以证明。他丧妻后,急忙归来与两亲同栖的事实,又他的生涯里最屈辱的事情——对于萝丝·鲁·司修的恋爱等,都足以证明这伟大的艺术家、思想家,由儿童时代起,就是一个囿于“母子错综”的精神病者。精神分析学家曾经这样说过。

弗洛特一派,在托尔斯泰的生涯里,也看出一种“性的错综”。托氏的自叙传,充满了对于母的奇异的爱情与回想。他说:“一想到母亲,那时时表现着爱与善的紫色的眼睛,腮下的颈旁的黑痣,镶金银丝的襟饰,时时抚摩我的冷而柔的手,我时时接吻的手……”

他又说当母亲和人说话的时候,听着那优雅的声音,自己胸里便奇怪地颤动。眺望母亲的脸的时候,伊的脸小得和纽扣一般,他自己很爱看他的母亲的脸变小了。又把母亲与家庭教师比较的时候,他的母亲曾说:“懒东西,起来吧,是时候了。”他跟在家庭教师的足后,想到“母亲是最亲爱的,是怎样的爱自己”。托氏这些甜蜜的追忆,在精神分析学的眼光看去,无不以为是幼时的性的爱欲之再现。

文艺家的性的错综,与他们的作品有什么关系,见下述。

二、性爱与作品(上)

莫特尔氏以古巴(William Cowper)所作之《接母亲的像时》,为英文学中“耶的卜司错综”最显的例。

古巴六岁丧母,对于其母之爱,至死不泯,氏以独身终。由玛利乌文,便可看出伊是他的母亲的替身。他作了名贵的抒情诗与小曲给这可怜的女性。将对于母亲之爱,移转到别一妇人,以获无意识的性的满足。将《接母亲的像时》下精神分析学的考察,便易明白了。

古巴作此诗时为1790年,氏已五十八岁。当他获亡母之像时,他仿佛如对远别的爱人一般,与像接吻。将像高悬室中,夜间眼光离物件时,其最后之物,必为此像,晨起目未睹诸物之前,首先接触者,亦必此像。因为他对于母亲的锐利地爱着,于是他作《接母亲的像时》一诗。在诗里他复返孩提,将五十余年之岁月,自其生涯中除去,而归于母亲拥抱之下,浸润于孩提印象之中。他回想母亲幼时灌注于他的各样爱情,如母亲给他的饼干、抚摸他的头的式样,他的母亲来看他睡着了没有时蹑足的声音等。这并不仅为甜蜜的回想,五十八岁的古巴,实不能不记忆他的弱软的心所不能负载的苦恼。幼儿无论如何,都以母胸为最后的避难所,古巴由这回想,于是他要求支持那性的对象(母亲)与苦恼。

下列之诗,很足以表现出来:

But me Scarce hoping to attain that rest,
Always from port withheld always distressed,
Me howling blasts drive devious, tempests tossed,
Sails ripping seams opening wide, and Compass lost,
And day by day some Current's thwarting force,
Sets me more distant from a prosperous sourse.

精神分析学者,在古巴的这首诗里,将形成他的生涯的径路之儿时心象的回想窥探出来。据他们所言,支配古巴生涯的忧郁、对于老贵妇等之感伤地爱着、宗教的狂热,真的在这诗里发了芽。

勒俄纳尔德·达·维琪(Leonard de Vinci)也是有趣的"耶的卜司错综"的沉迷者。

维琪遗有所作《备忘录》一卷。经弗洛特分析这位大艺术家的精神。

维琪自幼年时代,对于秃鹫有强烈的兴味。《备忘录》中曾谓彼尚坐摇篮中之时,有秃鹫一羽飞来,以尾触彼之口,且及于唇者数次。由精神分析上解释起来,这种经验是一种性欲的象征。因有尾(Coda)在多数的民族中,为男子生殖器的象征,在意大利亦然。

但是此地有一个疑问,维琪对于鹫尾之插入口中,乃受动的,而非行动的。他因为由母胸摄取自己的营养,曾有乳房插入口中的经验,其起源或在于此。因此秃鹫便是母亲的替身,然如刚才所说,尻尾亦为男子生殖器的象征,那么,这个矛盾如何解决呢?这不能不成为一个疑问了。

弗洛特解答此问曰:秃鹫在埃及人似乎以之为母的象征。埃及的女神嫫特为秃鹫之头;埃及之神圣绘画之母性,亦以秃鹫之形表之,这些事实,颇足以证明。因为埃及人相信秃鹫仅有雌的,飞翔空际时,因风受孕。维琪因为多读,因为教文,知其信仰,遂无意识地,把它和自己的身子合同了。维琪为私生儿,幼时与其母生活者数年,及至晚年,回想受母亲抚爱之性的快感,思及自己的出身时,便把仅以雌生子之秃鹫(一身兼父母二者之秃鹫),当为母亲的象征了。

又试考孩提的性的生活之特征:孩提在性的生活之初,必先引起自己生殖器的注意与兴味。而他们解释事物,常以一句"自己"加入,于是他们以为一切东西,都有与自己同一的生殖器的。由那个观念,女性发现了另有和自己全异的生殖器时,实在是一个大大的惊异。凡人达青年期,因为精神的阴萎,生出永久的、同性的倾向,便是由这种发现所赍的惊愕与嫌恶的情感生出来的。维琪说雌秃鹫之尾为男性的生殖器象征,便是起因于以为自己的母亲和自己有同一生殖器的幼时性生活之想像。于是这疑问便解决了。白达(Pater)在《文艺复兴》里面,以为是"勒俄纳尔德之巧妙的思案之一"之秃鹫谈,决不是空想,其背后实有性的意义。

秃鹫之话,已证明维琪自幼时对于其母之强的性爱。秃鹫以尾抚其唇数次云云,应当是暗示母子间的色情关系。但是维琪母子间所存的“母子错综”于他的艺术,有什么影响呢?吾人可以肯定他的明证,便是那名画《莫那妮沙》。

维琪所描的青年妇人,眼睛尽是荡逸的,唇际也浮出牵惹他人的奇异的笑貌。这种笑貌在艺术鉴赏家之中,颇为人所知,称为“勒俄纳尔德式之笑”,而于《莫那妮沙》一画,这种笑貌表现更著。据普遍的解释,以为他所用的“模特儿(Model)”原具这种特有的微笑。但在精神分析学者的解释则不然,据弗洛特之说,这种奇怪的微笑,为维琪幼时所经验得的母颜之印象。这种印象与他的性的对象(即母之印象),永潜在他的无意识界里。当他执笔作画之时,便显现出来了。因此“勒俄纳尔德式之笑”乃维琪与其母性的错综之产物。

更由他方面考察维琪:他是伟大的艺术家,又为伟大的科学家,他对于动物、植物、生理、矿物、天文、地理、军器学各科,曾有深奥的研究。如说明月之黑暗部分之暗光、赤道之潮流,集合于极潮之上的考察;如研究植物营养与毒物之反应、解剖鸟及人体、上书于米兰公爵、搬运至便的桥梁、破坏城堡之法、抵抗火药之船舰;又如自言精通放射弹丸如霰之大炮等,彼无不能。正如歌德所评,他是“意大利的浮士德”。

三、性爱与作品(下)

上述的事实,颇引起精神分析学者的注意。即是弗洛特承认维琪的热烈的科学的研究心,负其特殊天赋不少;一方面又以为和性的心理,有很大的关系。根据弗洛特所说:凡性的冲动,往往转用于别的目的。即是幼时对于性的兴味的强烈好奇心,全被使用于与性欲无关的研究目的,这样的变化不在少数。当这种时节,因为由性欲界供给许多的力量(Energy),所以他的研究欲,时常盛旺。维琪当此种时候,以科学研究以代性欲的探究。因为由性欲界而来的力量集流拢来,便使他生起这样强烈的探讨科学的活动了。

据科学分析学者之言:人自幼时,便有性的欲望,因此有探究性欲的冲动。而这种冲动,因为各种的原因受了压迫,影响及晚年研究心颇不小,有三种型式。

第一种型式:便是有名的精神病的牵制。一般的探究的精神和幼时性的欲望一般,全被抑压,此为其特征。属此型者,知力之自由活动全受拘制,知识欲亦萎缩。

第二种型式:性的欲望虽被抑压,而知力的发达,能与性的抑压相抗成长,此其特征。这样发达的知力,将由抑压的结果退缩于无意识界的性的探究召返到意识界。召返来的性的探究心,似乎支配知力,思考作用也化为性的,因此知的活动,受性的过程的快感或不安的影响。所以这种型式的人,喜欢将知的探究移向性的活动去。

第三种型式:这种型式,其性的欲望所受压迫,与上述二类相同。可是并不因为抑压完全消灭;性欲探究之冲动受了升华作用,高贵地化为知识欲了,此即这种型式的特征。属于此型者,因为在由性欲界升华而来的力量里,刺激鼓舞知的兴味,对于一般的探究之冲动,极为强烈。

维琪氏,即上第三种之铮铮者。可是他为什么不倾向于性的关系呢? 此则氏与其父之关系大有影响。据精神分析学者之说:对于自然之观念,乃自“母错综”之升华而生者;神之观念与对于神之信仰,乃由“父错综”之升华而生。对于自然之亲昵,乃母亲给子之赐物;人格的“神”,乃“父”之扩大的观念,亦为父亲给子之赐物。然维琪既为私生儿,其幼年生活,常与母为始终,与父殆未接近。因此他崇拜自然、亲昵自然,同时由宗教的势力得解放了,所以他当然倾向于自然现象的精密热烈的研究,而这种研究心,既由宗教的传统拘束而得自由,故极能犀利、不羁。

莎士比亚之《哈蒙雷特》一剧,亦为精神分析学者的好材料,引起弗洛特与琼斯的注意,尤以琼斯对于此剧的精神分析,最精细巧妙。

据琼斯之说:此悲剧乃“耶的卜司错综”之心理的微妙开展。精神分析学之说,一切男儿,在早即有性的要求。先由对于母亲的强烈的爱着表现出来。因此男儿一面希望专有母爱,在他方面则以父亲为性的竞争者,于是嫌恶排除他。哈蒙雷特乃一青春少年,其幼时所经验的母亲之爱,与嫉妒其父之心,因受抑压,必定强烈地潜伏于心底。及其父突然死去,哈蒙雷特虽以此事象为极悲痛,但他的悲哀之底,自有一种喜悦浮着,此喜悦为何? 即因父死,彼可专有母爱。然此喜悦,在幼芽之时,即遭蹂躏。蹂躏者谁? 乃其叔父克洛梯亚司。叔父既与母结婚,在哈蒙雷特视之,不啻第二爱的竞争者来了,因此那年幼的王子当然感触不快与愤懑了。所以克洛梯亚司纵无弑君之罪,亦时有被哈蒙雷特除去之危。彼时国王之幽灵出现,将克罪告之哈蒙雷特,于是父仇与性的爱欲之竞争者二重意味,其欲除去叔父之热情乃不能不燃,这是理所当然的。莎翁剧中所表现之青年,对于弑父之克洛梯亚斯,其愤懑不及与母行不伦之结婚的克洛梯亚斯为烈,此点便是哈蒙雷特对于他的母亲有性的爱情的明证。凡此均琼斯所言者。至于哈蒙雷特之母感对其子之强性的爱,在克洛梯亚斯评她的"她看着哈蒙雷特的脸而生着"一语,便可了然了。因此我们可以看见哈蒙雷特母子的心理,有鲜明的"母子错综"之痕迹。

但是,哈蒙雷特为什么不赶快把他的叔父(母亲的唯一竞争者之叔父)杀掉呢?关于此点,精神分析学者却下了在文艺批评家以上更深的解释。据精神分析学者所知,因为爱的竞争者为父或母,叔父或叔母,儿童欲排斥或除去之愿望,为道德、法律、社会之惯习所抑压了。哈蒙雷特因为这种抑压作用,遂不自由。于是在哈蒙雷特之心中,仍无意识地以为扑杀爱之竞争者(叔父),乃不伦行为,因把他的复仇之念抑压下来。正如许多精神病者患病所证实:发现于外部的力越大,而抑压这种力量之力更大。因此心中充满苦闷,苦闷乃由忧郁状态而生,遂不得不日夜辗转不安了。哈蒙雷特之心理,正如剧中有名之说曰"To be or not to be",乃苦恼之萌芽。由此看来,据精神分析学者的解释,哈蒙雷特之复仇趑趄,由外部看去,虽为意志力沮丧,为优柔不断,而实际上,乃是他的愿望受了强烈抑压的结果。

哈蒙雷特的爱人俄菲利亚,在精神分析学上,也颇占极有兴趣的地位。我们可以看出以这位优婉女性为中心的几个错综。

第一,为俄菲利亚与其父波罗尼亚斯的关系。波罗尼亚斯酷爱其女,痛惜其女入哈蒙雷特掌中,精神分析学者认此为“父女错综”。哈蒙雷特隔帷杀此顽固老人,亦不外对此顽固老人之反抗,此可视为青年王子对于“父女错综”的无意识之抵抗。

第二,为俄菲尼亚与其兄勒阿底斯的关系。勒阿底斯对于其妹之爱,也形成一个有力的“兄妹错综”。在哈蒙雷特,以勒阿底斯为性爱之障碍者,亦与波罗尼亚斯同然。哈蒙雷特之无意识,欲排斥彼顽固之老人,而对于彼妹之兄,亦不能不思除去之。如在俄菲尼亚墓地之斗殴、在母与叔父前舍命之决斗,皆可解为潜于哈蒙雷特心中之无意识的愿望之发现。

第三,为哈蒙雷特与俄菲尼亚之关系。哈蒙雷特既以其母为性之对象,然则何故更爱俄菲尼亚?一部分之论者,以为俄菲尼亚之性质颇似其母。因此哈蒙雷特遂以俄菲尼亚为其母之替身,正如诗人勒洛之于比尔莎与苏菲,维尔冷之于其假装圣母玛利一般。

母子间性的关系,既如此密接(生命的),所以早失母或与母极不和者的心理,现出特异之形。

依弗洛特之言:psychoneurosis 与 hysteria、obsession 相同,皆起因于幼年时代父母过度的爱。这种爱憎,在普通人,到成人后便消失了。但如有意外,如在幼时失掉强烈的性爱对象之母亲等,则此人的性的欲求受了不幸的抑压,终身运命受大影响。又或因为异常的境遇,幼时便养成对于其亲憎恶时,其后来之生活,表现一种与他人所无的色调。

弗洛特此说,给予文艺批评一个新的动力。叔本华与拜仑何以为厌世家?晚年虽有各种原因,足使他的作品生悲哀失望,然而他们和他们的母亲有不幸的关系,屡屡相争,实不能不算一个大原因。(拜仑与其母互相仇视,据云:母子二人,皆窃访药局,询有无毒杀儿子或母之药)又如拉弗卡通莪、爱伦玻等,何以成为不幸的漂流者?何故持有病的幻怪的观念?莫特尔曾言:二人因皆幼年时代,失了强烈爱着的对象(母亲)所致的。

第三章 “兄妹关系”(性的错综之一形式)与文艺

儿童除以其父母为性的对象外,于兄弟姊妹之间,亦互相感爱。就中以兄妹间之性的爱欲为多。

兄以妹为其性的对象时,是他将对于母亲所感之爱,转移于其妹。同样的道理,妹以兄为其性的对象时,亦将伊对于父亲之欲求,推移及其兄。而此等爱欲,在其被拥抱之道德感、社会感等监视之下,视为不伦,于是便抑压下来。然纵被抑压,终为强有力的、无意识的欲望,以支配怀抱者的生涯行动与思考。此种兄妹之性的错综,亦投浓厚之影于文艺中。

鲁兰(Renan)作品中所表演之巾帼气——彼之柔和、亲切、道德的调子,不用说是对于其妹的性爱所养成了。彼在《耶稣传》中所描写之耶稣为女性的,解此事实之关键,亦在于此。鲁兰在《耶稣传》里所描之耶稣,是他描写他自己。而描写自己之中,有了由妹之爱着所培植的多量女性之温和潜伏于其中。

渥茨华斯(Wordsworth)对于其妹都洛希之爱,亦颇为人所知,有各种的形式在他的诗里显现出来。他自己也说伊曾给他以视自然之眼与听自然之耳。与鲁兰相同者有却而斯·南姆(Charles Lamb),他也持有多量的女性之柔和,他感触其姊玛利之牵引颇强。此种牵引,乃是由鲁兰、渥茨华斯所无的复杂心理的因子所产之结果。玛利曾病狂,病发时驱伊杀其母,兰姆对于其姊爱着,即母性代用之性爱,因此他对于此多病工愁的姐姐之怜爱更自加高一层。故他为姐姐牺牲一生,以独身生活终其身。他们二人竟如恋人一般,雍睦地"静寂平稳地"度日,作诗或小说,当时是共同的。兰姆之许多微妙小品中,自《耶尼亚小品》为始,常借白衣姬耶尼亚以表现玛利。他致书密友某,促其归英时,有句云:"归来吧!在我没有变成老人的时候;那时你难认识我了。"在《梦儿》中,又描写由空想之中醒觉时的光景,说:"即时醒来,见己身仍静坐安乐椅中(我熟睡的地方),可敬之白衣姬,仍坐其旁。"诸如此类,精神分析学者,认兰姆对于其姊不断的关心之底,乃性的爱着之闪动。论者以莎士比亚为媒体而为文艺的握手之兰姆与其姊(译者按:二人皆为介绍莎翁之有力者),更为强有力的性之握手云。

兄妹间性爱之强烈,以拜仑与徐勒(Shelley)二诗人为极。此二人的爱着,显然染有性欲的色调。二人不特屡以骨肉相奸之问题为议论之点,更进一步,以为反对兄弟姊妹间结婚之法律与其感情,不过是树立在无根的偏见上习俗,而起怀疑。

但拜仑对于其妹之爱,虽如何强烈,而对于他的艺术的影响则有与鲁兰、兰姆显然不同的形相,即此在花花公子对于其妹之爱,并不因伊而将其性情巾帼化了。他在“兄妹错综”之中并非消极地退让的,乃是积极地进击的。据精神分析学者之言,拜仑对于其妹,难免不怀有无意识的奸淫之念。即其《该茵》一诗中,描写该茵与亚丹时,或者即是描写与其妹奥只斯特尼夫人结婚的某甲,亦所难免。司吐活(Stowe)女史,曾公言拜仑曾私其妹,拉勒夫斯勋爵也曾举出关于此事的记录的证据,又梅茵女士亦承认之。然而在精神分析学者的态度,决不取轻率的态度。如莫特尔氏所言:“思想与实行之间,有宽广之隙。”

又卡莱尔曾曰:“手挨着火机,但非引动火机之后,不能说他是凶手。”因此我们避开肯定拜仑骨肉相奸的事实。是拜仑没有用手挨着火机吗?这又不然,他曾用手挨着火机的。据某精神分析学家之言:他对于其妹之爱,其高至于心的相奸。如他的诗剧《曼弗勒特》的第二幕便是反映。幕中手捧着酒的曼弗勒特曾说:

> 这是血,我的血呵!纯洁而温暖之流
> 在我父亲和我们的血管里流过,
> 当我们年幼时我们只有一颗心,
> 我们互相恋爱,虽然不可恋爱。

曼弗勒特的生涯里的神秘,可以作对于拜仑之妹的罪的打击的渗出物。

至于徐勒,精神分析学者也把他当作确定自己的文艺上学说的适例。溺死在意大利斯伯希亚海湾的这位美貌天才，对于其妹伊利莎伯，怀有强烈的性的牵引。他常以他的妹妹为其受影响之物。他恐怕他的妹妹被素不知道的男性夺去了，他的朋友何格求娶其妹，其妹不能自主，趋赴父侧时，他宛如失恋一般，以至心碎。又他希望在爱尔兰西部和其妹同栖，也是性的爱着一形式。这可算"兄妹错综"之微妙的表现。而这种受人间道德、风俗、法律抑压的感情，在缺乏监视作用的艺术里面，不时发现出来。在1817年的《伊瑟南之叛乱》一书里，描写为爱情而牺牲一身的诗人预言者拉昂时，徐勒他自己把拉昂与星西亚兄妹二人当作性爱之人，因此曾受世人的责难。于是徐勒裁笺作书，悍然答曰："予兄妹间相爱的天真的行为，竟惹起众人之憎恶，予实不解其理由何在。"他这样地还击了当时的批评一下。隔了一年，即1818年，著《洛莎林与赫仑》，则由描写兄妹之爱，更进一步，去写兄妹相奸了。洛莎林与赫仑乃兄妹，他们俩因情欲燃烧的结果，竟产了儿子。人人忿恨，裂他们的儿子的手足，并杀其年幼之母，爱人焚于神下，后遇僧侣得救。徐勒对于世之责难，不以为意。可是一想到他热烈地描写这类事件的力量潜伏在什么地方呢？那么，精神分析学的学者便坐在一旁微笑了。

第四章　文艺里的性欲象征

一、受抑压的恋爱

性的兴奋起于何方之问题,颇引起学者的注意,而生种种的假说。克拉夫特耶宾的学说,以为性的兴奋起于性的物质的蓄积。又有以为是塞洛特腺的分泌液,受色情带的适当兴奋而分解,分解后的物质给生殖器官(或与此器官连络的神经中枢)一种特殊的刺激,这也是性欲发动的原因,此为"化学说"。

弗洛特氏以为前说不能够说明幼年者的性的生活,后者偏于物质的见解,因自树立"尼比得说"(Libido Theory)。据弗氏之说:以为性的兴奋,非如从来的学说,是由特定的性的部分生出来的,乃是由身体机关的全部供给的,因名此原动力曰"尼比得"。

据莫特尔之言:"尼比得"之抑压,足以抑止那随着性的牵引的一切情绪的附带物之流露。就恋爱言,在精神分析学者的主张,为伴随情绪的良好附带物,因为"尼比得"对于异性集中之故,恋爱受了任何事象的抑压,则情绪的附带物与性的兴奋的原动力皆停止流动,沉下无意识界。然如前文所述,无意识者,为构成人格的根抵之物,并非永久死灭的东西,所以只要抑压的监视作用缺漏之时,便又浮到表面来了。精神病、梦、文艺等,便是以这点为出口。

精神病之考察,非本文的目的。梦的考察,亦让后文。现以表现于文艺的"受抑压的恋爱"为主研究一下。在梦中时,梦的构成素材常为象征之形,在文艺中,受抑压的恋爱,也是由象征地表现出来。现所论者,即将性欲的象征,由文艺去考察它。莫特尔氏在《文学里的恋爱》里第十一章,曾考察此问题,大致如下——

> 试观彭琼生的名诗《庆祝杯》的"其饮余兮用君之眼"之句。彭琼生在这诗里,述他将蔷薇花轮,赠爱人瑟妮亚,瑟妮亚用鼻闻其香气,仍送还他。于是他闻着了花轮的香,便思彼姝,他歌道:
>
> 花吐蕊而芬芳兮,
> 非蔷薇之香而实君之香也,
> 余敢誓兮。

"香"这东西无论谁人都知道是牵引性欲所必需的要素。嗅着爱人的接吻触过的花轮里,由彼姝肉体放射出来的香气,因而大歌特歌的彭琼生,我们读他的诗时,可以看破此诗人的"无意识",告诉他欲想占有爱人的心了。他在这诗里,曾象征地述自己的性欲。

但尼孙的《磨坊之女》一诗，更是鲜明的诗人性欲的象征之表现。但尼孙在诗里，触着女郎之颈，便想变做耳环的宝石；抱着女郎的腰，便想变为腰带；在女郎的胸怀摇动时，又愿化为颈饰。他老实地歌出。如耳环、腰带、颈饰等，皆为无意识的性欲感情的象征，是显然的了。

凡稍具敏感的人，对于此类的诗，即刻就觉得其中有性的动机潜伏着。但在精神分析法，更参透到隐微的地方去，对于此不经过新科学，不足以看破的诗人之心，所以下了正确的探讨。又看郎法洛的《桥》一诗，中有几行——

我愿退潮带我在怀里去
过这波涛澎湃的大洋
不知有若干次了！
因为我的热烈与急迫，
我的生命充满了忧郁，
放在我肩上的负担
似乎比我能够负担的还要重些，
但是现在从我的肩上落下去了。

这些诗句，皆为诗人对于某事烦恼所说的，此为性的动机与否，尚在不可知之列。当这种时候，由精神分析学者精密调查诗人的生涯，他们有一种妙技，可以拔抉那未曾显示于诗里的无意识的恋爱感情。莫特尔曾曰:此诗发现于1815年10月9日,试探郎法洛之生涯,则郎法洛以前对于为他的第二次妻的弗郎西施·阿卜尔敦,有不可恢复的恋爱之苦闷。于1843年7月13日,重获彼姝。因此,在诗里所表现的苦闷,与最后一行所写的苦闷的解放,必有意味,是显然的。郎法洛在他的诗里又说:“恋爱——因为他,遂思考关于性欲的有限的某物,虽然这点不曾在诗里显出——”

二、飞的愿望

弗洛特氏在或种型范的梦里,在关于乘物、飞、泳、攀等的梦,以及关于房屋、箱、蛇、树木、夜盗等的梦里,都认识性欲的意义。而且他的这种解释,决不是人工的,也不是偏扭的,乃是许多人的梦的实际研究之结果。

莫特尔氏,将弗洛特氏的这种梦的解释,适用于文艺。他主张:性的欲求,既能表现在不受道德观念、社会习惯的监视作用的梦里;同样的,由这种监视作用解放了艺术,也应该表现出来。若以梦中的“飞”为性欲的一个象征,则想成为飞鸟之欲望,占据其心;又喜欢描写飞鸟的文艺家,亦为(无意识的)性欲的表现。

莫特尔氏先把这个学说应用于渥茨华斯。这位与性很少接触的湖畔诗人,由莫特尔氏之解释,则诗人的《云雀》,乃是(无意识的)含有性欲意义的一首诗,此诗的动机为对于“飞”的强烈的憬慕。

Up with me! up with me into the clouds!

For thy song, Lark, is strong;
Up with me; up with me into the clouds!
Singing, Singing,
With clouds and sky about thee ringing,
Lift me, guide me till I find
That spot which seems so to thy wind!
I have walked through wildernesses dreary
And today my heart is weary;
Had I now the wings of a Faery,
Up to thee would I fly.
There is madness about thee, and joy divine,
In that song of thine;
Lift me, guide me high and high,
To thy banqueting-place in the sky.

全诗的大半,都是充满这样的飞行的愿望,所以这首诗是一个无意识的性欲象征,不容疑惑的了。莫特尔氏曾经这般说过。

在静寂的湖畔,耽清澄思索的渥茨华斯的诗里,看出性欲,或许要招多数人的反抗。莫特尔已预见及此,于是他又找别的诗人,将不可更动的证据给我们。其中一人,便是平民诗人彭斯。彭斯曾寄托于美丽的鸟作诗,他歌道:"汝美丽之鸟呵! 碎我的心了!"他这样叹息的时候,在他当时的实生活,方为恋爱所恼,所以表现在诗里的"飞的愿望”显然是性的。此外的一个证据是讴歌“呵！倘若我有翅膀如像你能飞/那我便能够真实地寻着我的恋人了/我们永不再分离了/惟有永久的恋爱”的诗人。这位诗人明明以能如飞鸟一般的目的，以发泄恋爱满足。所以依据莫特尔氏的精神分析法，徐勒的《云雀》、济兹的《夜莺》以及爱伦玻的《大鸦》，都是被抑压的恋爱之性的象征。

弗洛特又以维琪（见前），为心理的最显明之证明。这位世上少有的天才之全生涯中，其大热望之一，便是想造飞行机，以翱翔天空。但是，为什么他对于“飞”有如此的兴味呢？或者答曰：此乃维琪的丰富的科学研究心的一个表现，正和他将砒素注射于桃树干的实验一般。可是在精神分析学家之弗洛特氏，颇不以此解释为满足。他以为维琪的“飞”的欲望之奥底，实潜伏着他种欲望，即是性的欲望。此大艺术家，无意识地以“飞”的欲望为手段，以表现他的性的欲望。维琪的家乡意大利的语言，男子的生殖器以“鸟”（Uceello）表之，此种暗合，决非偶然。

三、乘的愿望

“愿飞”是挑唆性欲的，“愿乘”也同样，都有一种性的意义。莫特尔氏根据这点，将勃浪林的诗，捉到精神分析的解剖台上去。

勃浪林为谈性的稀有的诗人，他是对于女性的热烈的赞仰者。但是因为他在《像与胸像》一作里面取辩护奸淫的态度，颇困惑了许多女性。倘使这些女性见了莫特尔氏的勃浪林研究，则伊们更要张大惊愕之眼。何以呢？据莫特尔之言：这位诗人描写《乘的快乐》的诗,及富于暗示 Riding Process 的韵律的诗,他是沉溺在里面的。这与梦着乘马或梦见人为各式的韵律的动作,都同样为性欲的象征。

试阅勃浪林的《最后的共乘》(*The Last Ride Together*),诗中失恋的男子,对于他的爱人,曾请求最后共乘的快乐。我们可以看出因为他不能由他的爱人,获得爱的快乐,于是他希望别的形式(即共乘的象征的形式),以得快乐。乃是他无意识地另求代替物,当为他的动作的代用。所以如"我乘""我们乘""我和彼女乘",等等言词,在诗里反复用了若干次。又其中曾说男子对于女子之拒绝恋爱,并不忿恨,只以乘马为女爱之代替而以为足。因此莫特尔说:"此诗是文学中的无意识的象征使用的优劣之一例。"此外勃浪林的《我们如何传好消息》《由麦吉达到阿伯德耳卡儿》二诗,虽然其中不曾说到爱,但在精神分析学,都是性欲的象征。因为这些诗的韵律的颤动,即挑唆乘马者的颤动,在这一点上,可以窥见性的意义。又在后一诗中,曾反复用"我乘"的言词,也足以证明。

四、对于自然界的愿望

精神分析学于诗人对于自然的爱慕之中,认出了性的意义。诗人曾谓,在自然之中发现而且感触了道德的启发与到人道的灵的鼓吹,而精神分析学者则答之曰:"诗人所语的固可照样容受,但此外吾人对于他们自己不语的或物的存在,亦不能拒绝。"此不语之物,便是性的意义。

于是精神学者把渥茨华士拉来作精神分析的对象。这位诗人于他的奇异的恋爱之热情,始终沉默。哈司尼特氏怨恨在渥氏的诗里,不曾看出结婚的意义,而精神分析学者则不致于作不平鸣,反在一旁露出他们的很深意味的笑靥。据他们所说:低级文化阶级的民众在各处都可以看出生成的原理。自然现象如太阳、月、水、森林、庭园、原野、树木;动物中如蛇、马、牛、鱼、山羊、鸠;器具中如矢、剑、犂,等等:都可以看如上述原理的象征。人类以此等物为关于性欲之事物时,则常欲以象征的语言说出之,例如语所爱之女,则以伊为驾凌林中许多美丽树木的林檎树,以为是锁闭着的花园、是秘藏岩中的宝石,他方面则以自身为年幼的牡鹿、为潜入花间的蛇。时人吐出这样象征的言辞时,他自己多不曾意识到潜伏其中的性的意义。他们歌May Pole 祭宴的时候,他们也许不曾知道自己将树来象征生殖器的。古代希腊剧诗人亚斯基洛司作《窃火的普洛麦迪司》一剧时,又如米尔顿由圣书中采取为蛇所诱的夏娃的故事时,这两位诗人,未必不曾注意到古代的火及蛇的性欲意义吧!诸如此类,他们的作品,都是象征的。诗人对于异性感觉爱与性格时,他们所用的自然描写的(自然现象的与自然物的)言词,更深于性欲象征了。

他们用这种见解来对待渥茨华士,渥氏是一位有恋爱经验的诗人。二十三岁时,曾因爱一法国女郎苦恼。当他咏树、咏水仙而赞美其光荣时,便是他对女郎的爱的象征的赞美。本来他是一种清教徒的英人,与许多的 Bucolic 古代诗人有别,于结合自然的享乐与爱人的憬慕之点,颇称能手。可是他的自然爱之中,不能不说是潜着女性的爱。这种事实,只须注意他的结婚与作诗的关系,便易明了。他的结婚后的自然诗,除了若干首外,不曾含有足与《亭寺吟》比伦的优美性,至于晚年的自然诗颇为贫弱,因此莫特尔氏曾说:“渥茨华士的伟大的自然诗的秘密,便是如此。那些诗是他不曾满足的性爱的升华与表现他的欲求的象征的手段。他想找别的来代替直接歌咏爱之憬慕,代替直接描写为自己的想像的恋爱场面,代替被性的愿望之呼声,于是渥茨华士便歌咏对于自然的热情了。所以这位诗人假道自然,无意识地倾吐他自己的性的欲望。固然我们可以容认春生之树的冲动,足以使他愉悦,但由善恶二面说,颇足以给他许多教训。同时由他赞仰自然的冲动,就是他间接思考而且赞美自己的性爱,这也是一桩不可拒的事实。”

第五章　梦之精神分析学的研究与文艺

一、梦与文艺(上)

弗洛特曾曰:“梦的解释,是因为要知道心生活里的无意识的尺度。”这实是开门见山的话。本来潜伏在人间的心生活里的无意识,常以各种的形相,表现于外。如歇斯特利病、梦魔、谵语等便是,就中尤以“梦”为“无意识”的直接显现中最普通的现象,大有研究的价值。

人于生活之中常起各种愿望,但在觉醒时,因为伦理观念、社会的习惯,屡受意识的监视作用,沉下无意识界;可是在睡眠时,上述的监视作用便停止了,而使无意识的愿望得自由。不过这种愿望,因为不曾与意识的心的生活(Psychic Life)调和,而对于睡眠者不得不算是一种大妨碍。因此自然不使睡眠者无意识的愿望,照原形活动,而使他变为无意味的、幻想的或其他别的形态,显现出来。这便是“梦”。在这个意味上,梦的本来的职能,便是使无意识的心理过程沉静些,而且是保护睡眠的。

据弗洛特的学说,做梦的活动是由两种心的过程成立的。一为“梦的思想”(Traumgedanken),形成梦的潜在的内容(Latente Trauminbalt);其他则为“梦的叙述”,形成梦的显现的内容(Manifeste Trauminhal)。又据琼斯氏之言,备能明确二者的区别,则足以解释梦的真义。

“梦的思想”即“潜在的内容”,为做梦者心的生活的论理完全的部分,所以不含何等不合理的妄诞。反之,“梦的叙述”即“显在的内容”,可以看为梦的潜在的内容之譬喻的表现,以许多的矛盾及妄诞为特征。(见琼斯《心理分析》第八章一百八十页)因此我们要知道梦的意味,定要将他的显在的内容看成潜在的内容,更加上解释才行。正如我们开始解释象形文字一样。

据精神分析学,有许多的机能,即是——

1. 象征;

2. 压缩;

3. 转移;

4. 描缩;

5. 二次的推敲。

第一为“象征”,即梦的思想(潜在的内容)假装的形式,换言之,就是变成显在的内容之过程,借南克氏的话来说,便是“为使无意识的愿望,比较容易了解,遂变装为顺应新意识的内容的过程。换言之,便是一种被抑压的愿望素质,表现于表面之最后的手段”。

第二是“压缩”,所谓“压缩”,便是梦的潜在的思想的各种要素,在梦的显在的内容中融和,直到梦能意识,而使做梦者的无意识的某部分简洁化的过程。故比较梦的显在的内容与潜在内容二者,前者较后者简易而且贫弱。因为潜在的内容的各要素,代表许多梦的思想,但变为显在的内容时,要受很大的压缩。

第三是“转移”,此为心的重要性,由梦的潜在的内容里,全无关系的诸要素,移转到显在的内容的一定的要素的过程。本来在梦的表面为重大要素的,而在里面(潜在的梦的思想)却成了些微的事;又或与此相反,在梦的表面不过为琐事,而在梦的潜在的思想,反成为极重大的事件,这便叫转移作用。譬如尔巴拉洛氏举的一个梦:他说一个妇人梦着到动物园里,在关野兽的槛侧睹望,忽然槛门尽开,而妇人对于狮子、虎等,并不感恐怖。但是妇人出了动物园之后,途中看见小树枝横在那里,倒觉得毛骨悚然,如这一个梦,伊的恐怖的感情,便是由野兽转移到小枝。(见巴尔巴拉洛氏的心理分析一二一页)

第四是“描写”,就是一种戏曲化。戏曲的作者,因为要把常年月的事件,在几个时间里描写出来,不能不对于材料有所选择或变形,梦也是如此。潜在的内容,当作显在的内容表现时,梦里所采用的材料,便生选择或变化。而这些材料,也现一种可观的(视觉的)形式,是由描写境遇、场面、动作等而成立的。因此潜在的内容,是不能当为直接可见的心像,而可以抽出的心像作用,到了变为显在的内容时，在特别的技巧之下，便具像化了。

第五是“二次的推敲”，这是在梦里创作的获得新事象的能力。梦由“描写”等机能，以补充他的构成上的缺陷，因此本来没有何等联络的内容，也含有几分条理。在这个意味上，吾人醒觉时尚未对梦下一解释之先，可以说已经受了一回解释。不过在梦里的这种一次的推敲，只能够把某程度的联络条理，给与梦的一部分，而在他部分，仍为混乱与无意味所充塞，当这种时候，便产生补足构成上的缺陷的过程，将许多矛盾拨去，而以在外观方面可以理解的合理性，给予梦的全部。这种过程，名为“二次的推敲”。

二、梦与文艺（下）

既如以上云云，那么有这种意义及机能的梦，在文艺里用什么形式表现出来呢？

莫特尔氏以弗洛特的这种关系梦的学说为极好的证例，于是他把英国诗人吉卜林的作品《矮林的少年》，作精神分析。

“矮林的少年”即乔俄吉，他三岁时梦见一个警察。到了六岁时，他昼夜都做梦，而且做梦都是以附近海边的矮林为始，有时梦见矮林地方站着一个少女，这个少女正如他在《格林童话集》里，插画上所看见的女王一般。到了七岁，他在牛津看见了一个如《爱丽司异乡游记》里插画的爱丽司般的少女，他们如一块嬉戏。到了青年时代，他到印度去，又梦见儿童时代所梦见的那个警察，警察向他说：“我是由睡眠之市归来的名叫昼的警察。”有一天，他又做梦去乘汽船，看见百合花浮在水面，他遇见儿时在梦里常见的少女，名叫百合花（名）·洛克（姓），二人同乘一匹小马，旅行“三十里路”。后来他归伦敦，有了一位女客，在他的家里听人唱“昼警察”和“眠市”的歌，他问女子的名字，知道伊叫莱西，就是他在牛津遇见，而且嬉戏过的那个少女，于是他和伊乘马同出，说了许多话，才知道他们二人都同时做了一个梦，伊也知道他在梦里旅行的“三十里路”地方，伊又说当他睡着的时候，曾经亲他的吻一次。乔俄吉仔细一思，果然不错，那个时间，他在梦里的确被伊亲了一下吻。但是他们二人以前并不相识，后来他们二人便结了婚。

这便是吉卜林所作的《矮林的少年》的梗概。这篇故事果含有什么意思呢？乔俄吉不过在梦里认得的少女，怎样便成恋爱呢？前述的警察是由什么地方来的呢？又“三十里路”的梦里旅行是什么秘密呢？莫特尔都把这些下了精神分析的解释。他说乔俄吉所做的梦，都是补充他梦觉时的无意识的愿望的。乔俄吉在孩子时代，遇见了后来可做自己的妻子的少女，于是他的心被牵动了。可是后来又把伊忘记了，然而他对于彼女的性爱并没有完全消灭，不过被抑压在意识下而已。因此乔俄吉虽时常梦见彼女，在他自己总不解是什么理由，并且也不信伊真在世上，他所做的梦，不过是被抑压的愿望的表现而已。因有他不信伊真在世上，所以他在梦里，只不过把伊与童话中的女王以及自己的恋人同化。而他所做的梦，即他梦着和伊乘小马同出的梦，实在是补充伊醒觉时的无意识的愿望的。

其次，现于他的梦里的另一人物，就是那位名叫“昼”的警察，由精神学分析学上看去,也是有大意义的。弗洛特曾主张:陷于恋爱的人,时常惧怕有妨害自己的爱欲愿望的因子出现,所以他们在梦里,屡屡发现恋爱的妨碍者。表现于乔俄吉梦中的警察,便是这种妨碍者的代表。这警察其所以为乔俄吉的恐怖的原动力之故,可以在警察名字叫"昼"的这一点去证明。大凡"昼"都是不能够做梦的,而在他方面,这不能做梦的时候,即醒觉的时候,岂不是乔俄吉失了他的爱人少女的时候吗?这个"昼"的警察,由精神分析学上看去,乃是对于无意识的意识、对于幻想的实现,乔俄吉的爱人莱西歌:

呵!怜怜惜我们呀!呵!怜惜我们呀!
我们是柔弱的?呵!怜惜我们吧!
我们随着"昼"的警察回来
由睡乡回来——

的时候,明明是感触了恐怖的原动力。要之,乔俄吉与莱西的孩子时代的性的爱欲,都受了同一压迫,而存于二者之间的精神的交感(mental telepathy),不觉把乔俄吉引诱到伦敦来了。到伦敦后的乔俄吉,又无意识地急想看见出梦中所现的"理想",果然在伦敦遇见彼女,他们二人的会合,实在是他们的景慕的救济,直到他们结婚后,性的爱欲的抑压,始得舒展与满足。

吉卜林作《矮林的少年》时,为1895年12月,弗洛特氏公布关于梦的学说时,为1900年。所以可以断定,诗人吉卜林对于精神分析学的学说,并不曾知道。他不过是由艺术的作品,微妙地描写主人翁的(无意识的)性的抑压之烦恼而已。吾人于此,不觉感触无限的兴味。

法兰西诗人哥梯的作品《阿尼亚·玛西纳》,亦为弗洛特的①

爱他,命仆人迎俄克大维到家里去。伊名阿尼亚玛西纳,是罗马的妓女,伊对俄克大维说道:“你在博物馆见了那块溶岩,你想会见活着的我,所以我便复生了。”这一点由精神分析学看去,也是俄克大维在梦中补足他醒觉时的愿望。

俄克大维的梦还没有完:他听了玛西纳说之后,便和伊接吻,两人的呼吸都在一起。此时忽然有一个基督教徒出现,诘责玛西纳,用扫魔的力量,从彼女的魔力中救出俄克大维,俄克大维醒来时,曾经气绝过去。因此他终生爱玛西纳。后来他和一个女子结婚,每想及玛西纳时,便把这事说给伊听,他的妻子终不肯信。

据莫特尔氏由精神分析学看去,这篇故事不难明白。诗人哥梯,视基督教为美与爱的仇敌,由世中夺去了许多异教主义的伟大。这篇故事由别方面看去,乃是哥梯的主张的反映,他自己宠爱的这种学说,往往为他的作品的动机。又如《本乃伊之脚》《黄金之锁》《克勒巴特拉之一夜》《康打司王》等作,都表明他是一个肉体美的崇拜者。他实在是一个 19 世纪迷人的异教徒,他由他自己的想像去创造。在那些故事里,是酿生异教时代的氛围气的,可以看出对于异教世界废灭的慰藉,《玛西纳》一篇也是其一。

---

①原本此处与下文无法衔接,疑为原本内容缺失,故下文另起一段。

这篇故事里的主人翁俄克大维，却是哥梯的化身。俄克大维景慕异教时代艺术与女性、美、形等，当然是哥梯自己的化身。哥梯又以基督教为古代艺术的破坏者而憎恶他，这种憎恶在梦中出现时，就是那分裂俄克大维和他的恋人的基督教徒。（见前）哥梯的恋人就是异教艺术，分裂他的也就是基督教，在这意味上，现于俄克大维梦里的基督教徒，同那出现于吉卜林的《矮林的少年》梦中的警察，是同类的脚色。他们都是妨害爱的道路之憎恶（但为具像化的）。

其次，再说司梯芬孙。

司梯芬孙曾经梦见他是一个可厌而邪恶的富豪之子，因为嫌弃他的父亲，遂避居海外，不久返英，其父已再婚。有一天，父子口角甚烈，子破口大骂其父，并且将父杀了。他心里恐怕他的继母看破了这可惧的罪恶，不料他的继母早瞧见了，已经将他犯罪的证据握在手里了。但是伊一声不响，也不责备他，儿子倒反觉得极苦恼，他问他的继母为什么要这样使他吃苦，但是继母却跪下来，说伊恋爱他。这个梦真做得奇怪了。

司梯芬孙对于这个梦加了注解，他说这不是他自己的事，是侏儒族卜郎尼的事。读者须知司梯芬孙在他有名的小品《原梦》一文中，他主张使梦结成功的，是超自然的灵物，他承认这物存在，他呼为“卜郎尼”（Brownie）。上述的梦，带得有极不道德的色彩，于是他托言不是他自己，是侏儒族的事。但是做了这样的梦，也不算是什么耻辱，有德的人做这样邪恶的梦，也是一种事实，不足为怪。为什么呢？据精神分析学，无论何人，都有排除父亲的愿望，与对于母亲的性欲的幼儿的幻念,此二者因抑压之故,便潜伏下去,做梦之时,便由不能意识的心的生活中,抽出它们来做构成内容的材料。所以杀父、与继母陷于恋爱关系的梦,也没有否认它的必要。

但是这个梦含有什么意义呢?莫特尔氏将他下精神的分析,指用做这样不道德的梦的必然性,存于司梯芬孙的心的生活里。

司梯芬孙在青年时代是一个自由思想家,因为种种关系,与其父不能相容。他于1876年,即二十六岁时,逢阿司波伦夫人,便热烈地恋爱。此时夫人还没有和他的丈夫离婚。他们二人的关系,极为他的父亲反对,因此不接济他的金钱,但是他立志不屈,与贫病奋斗,其时夫人专候与其夫离婚,终于1880年与司梯芬孙结婚,其父始屈,为父子如初。不幸1887年父亲逝世,他便时时做恶梦,自己常生恐怖。上述的梦,便是恐怖之一例。

对于司梯芬孙结婚的障碍,是由两个性成立的:一个是他的父亲,一个是他的恋人的丈夫。司氏以此二人为横梗在他的幸福道上的顽石,无意识地想将他们排除,于是这种愿望,便是构成他的梦的内容的一个材料。据弗洛特氏的梦的学说,子杀父的梦决不是异常的,乃起源于幼时以母为性爱的对象,而以父为自己的性的竞争者之心理作用。有此种心理的人,于其成长后倘与其父不睦,则更足引诱他做杀父的梦。司梯芬孙的梦,正是如此。他无意识地愿望排去其父,但这种愿望,在醒时受了抑压;到了梦中,没有监视作用,便须补足他想排除父亲的愿望,便以杀父表示他排除他的父亲了。

弗洛特氏主张的“转移”,即“梦”的本质的特征之一。司梯芬孙的梦，其中也含有显著的“转移”。

第一“转移”是行于他的父亲，梦中所现的父，已不是原来的父亲，已经转移成司氏之父与其爱人的丈夫二人的结合形了。

第二“转移”显现于男女的关系。司氏在梦中陷入继母的恋爱，但司氏实际上的爱人并不是此妇，而为阿司波伦夫人（见前）。因此我们又已在这个梦里，看出一个女人转移到别个了。

第三“转移”是行于梦中的人子的忧心。在实生活上，司氏因有他的父亲与其恋人的丈夫，为恋爱的妨害者，想把他们除去，他对于这种无意识的罪恶思想却怀抱着恐怖与忧心，但在梦中，则不再现这种形式，而转移到杀父的罪恶恐被其妻知道的恐怖与忧心了。

由此看来，司梯芬孙的实生活与梦有不可分离的关系，而且梦又影响及他的艺术。试阅他的《原梦》，结梦的主宰侏儒族，构成他的故事；又阅他的名作《姐开耳博士与赫特君》，因为梦的暗示而自白，等等，都可以证明。

此外精神分析学，又将文学家的慰藉的机能拿来分析，解剖批评与天才的心理，又或考察作者的讥讽与虚伪的心理，纵横驰驱于文艺的分析之中。诸如此类，皆为极有兴味的研究问题，容他日俟机论之。

文艺思潮讲稿（上）

第一讲　开场白绪言

一、范畴

(一)文艺思潮之性质

第一点:文艺思潮是研究什么

“文艺思潮”这词,照西洋原意是 main currents in literature。它是讲文学上之各种倾向、各种理论(包含主义与主张)。即是文学史上之各种集团、各种派别。假如其倾向相同者,便同站在一集团内,作同一之文学运动。“文艺思潮”,便是研究文学史各种集团的倾向与理论。

第二点:文艺思潮所研究的对象

文艺思潮所研究之对象,是以世界文艺为主的。在中国文学史上,尚谈不到思潮二字;因为中国过去的文人,都是个人的,不是社会的,所以有文人相轻之弊。如李白、杜甫各有个人不同之点的思想,而不能成为一个集团,不能站在同一倾向以做文学运动。所以文艺思潮,要以世界为对象。但中国自新文学运动发生后,已与欧洲文艺思潮接合,讲到最近的中国文艺,始有思潮之可言。

第三点:文艺思潮是随着时代社会变化的

欧洲文艺思潮之形态,可以用表来表示出来的,如下图:

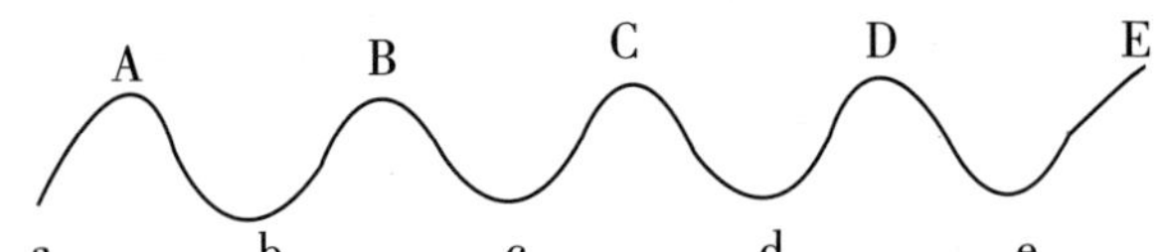

这表是表示思潮有升降的。A 代表升,a 代表降。它是随时代之社会环境而变化。从古代到现代,中间有连带的关系,在某一时代发生某种思想,前后交递,有密切的关系,而不能特立的。

第四点:文艺思潮,注重作品之研究

研究文艺思潮,不但是要研究各种理论,同时还要注重作品及其内容。因为在一作者的作品内容中,往往代表其个人的思想与倾向,空谈理论,是不可能的。

(二)国民文学与世界文学

1. 国民文学

凡一国文学在特殊社会制度下发生的,用该国语言文字写成的文学,称为国民文学。例如中国有中国的文学,它是独立地发展、自由发展。但同时在别方面也要受到他国文学的影响,如中国中古受佛教影响中国文学思潮,又如最近受日本及西洋文学的影响。

2. 世界文学

世界文学这词,是指世界文学之共通潮流。即是各国民文学相互影响而成的公共无国界的潮流,这是无法阻止的。如图。

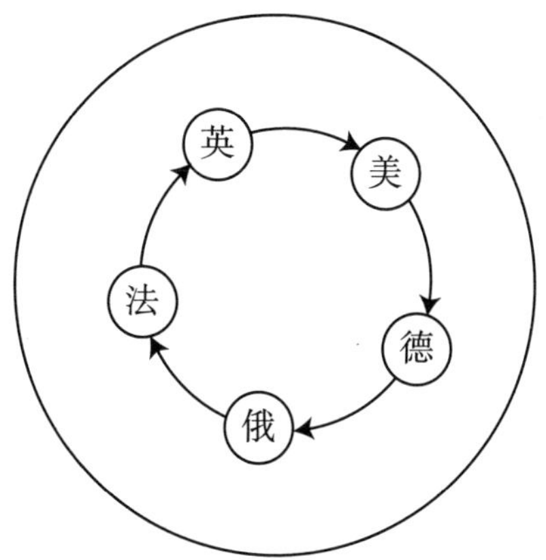

上图内各国虽自成其各自的文艺思潮,然而同时也与他国相互影响的,这便足以激成世界文学的思潮。如图之外面大圈是。

所以讲到文艺思潮,是要包含国民文学与世界文学的。

二、研究上的注意

(一)确定文艺观念

所谓观念,是由时代与个人修养而变成的。所谓不同处,分述如下:

A 是载道的;B 是言志的;C 是享乐的; D 人类本能说; E 宣传的武器;F 是作者个性的表现。上列各项,其文学观念各不同,是皆由各人修养所得,是有主观性之存在的。然而照上列这样的标准,我们不能满意的,我们要确定文艺的观念是:

文艺(学)为社会现象之一,我们对文艺的观念,即认为是社会生活之一种形式,这观念为上列所无,本来文学应该看作社会现象,为劳动者之歌谣,即所以表现劳动者之意识。

(二)研究之价值

1. 创作方面

现在之创作,不能如旧时把文学看作个人的,关着门呻吟的。从事创作,应该要①明瞭时代——观察社会;②明乎文艺之演变——研究代表一个时代之作家。

2. 翻译方面

翻译即所以介绍世界一切,对此智识更不可少。世界名著太多,应该具有鉴别的眼光,确定某国某时代某作家来介绍,自己先行估价,然后分析解剖之。

3. 批评与鉴赏

批评与鉴赏,应采用下列五种:

①研究某作家的生活;

②研究代表一时代之作品;

③研究具体特殊风格之作家;

④研究与某作家同时代之作家;

⑤研究同一时代的批评家与对某著作的批评。

要做到上列五项工夫,便非研究文艺思潮不可。

三、研究的方法

根据以文艺观点由社会生活之发展,考察(研究)文艺思潮之发

展。分在下面三项说明它:

(一)文学为社会现象之一形式

人类在原始时代虽然没有文字,但不能说无文字即无文学。他们那时也有文学的,现在我们且举事实来证明:

1. 口传歌谣

原始时代之口传歌谣,是从自然界的恐怖而来。如遇大风大雨,或地震山裂等自然界之变化,而发生恐怖与危险,他们仔细想来,认为其中必有神力——超自然力。于是便认为有“神”之存在,对“神”非虔敬不可。因而有祭神的仪式,歌谣即产生于此。同时原始人类须劳动以谋衣食,他们要与禽兽或异族格斗,其胜利者也用歌来称颂他。这原是原始人类一种崇拜英雄本能的表现,所以也会产歌谣。以上均是关于喜庆方面的,若其人类不能避免死亡,至有死亡事情发生之候,同时也便发生了悲哀,此即表现其悲哀之情绪调子的歌曲。

2. 传说故事

此亦为原始时代未有文字以前所有的,也是从人类实际生活来。因为他们有时感到生活受了威胁,例如男子白昼出外打猎,危险甚大,要维持一家或一族之生活,不能不与之格斗;或遇异族有抢夺情形,须与之抗争。其所经过之险事,每于黄昏后月明星稀之自然美景之下,邀集家族人等聚集而述其日间遭遇之经过事情,甚或加以夸大而转相传述,大概每转述一次,其中便增加若干新的成分,而成为一种故事。这当然也是文学,然而亦为社会现象发生之一。

3. 古代战剧

此亦为古代社会影响所发生者。当时要使人民对神信仰,以为食物为神所赐,以至神与社会分不开。祭神之时,人们表演神之工作与生活,以贻示神之伟大。

综上各端,文学之发生,实由于社会生活之现象而来。所以研究文艺思潮之发展,要以社会生活的发展为研究之准则的。

(二)社会现象的基础建筑在经济上

我们要明白这点,用图来说明:

自然科学 艺　　术 宗　　教 政　　治	上层建筑
经济基础	

依上表看来

①先观察自然科学:如其研究自然科学,须有仪器等类,始能方便。故其仪器之妥备,须视经济情形而酌定之。19 世纪为科学发明最盛之时,其原因即为 19 世纪已经是资本主义的社会。

②从艺术方面看:其实艺术一门,自表面看来,似乎与经济无关。然而艺术为人生之表现,如封建社会、资本主义社会、社会主义社会。封建为英雄艺术、为贵族所占有。资本主义艺术发生于新兴市民阶级,法革命后推翻贵族,社会中心便落到新兴市民阶级上,仍是属于少数人。在欧洲大战后苏俄发生无产阶级革命,艺术为劳苦之大众

所有,即以之为宣传意识,所以艺术也是跟着经济情形而变迁的。

③至于宗教方面,耶稣为希伯来人痛苦乃至呼天,他们为了四邻的武力压迫,求保全他们的生命,于是便求上帝赐他们的衣食住,这也可以说是经济方面的情形。而政治方面,其变迁常为经济力所推移,是更显而易见的。

(三)文学作品产生受环境之影响

作者本各有其不相同之气质、境遇、性格、年龄、思想。而作者为社会分子之一,其作品往往为社会环境所决定,如下图:

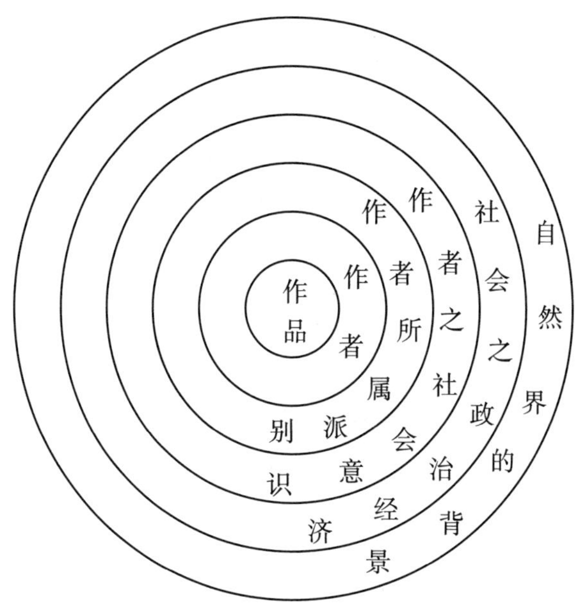

照上表看来,凡研究一文学作品,同时须附带研究许多作品之身外条件——社会环境。所以文艺思潮,是以研究社会的发展来研究

文学的发展的。

四、文艺思潮与文学史之差别

文艺思潮与文学史，似乎没有多大分别，其实两者有不同之处的，兹用图来说明：

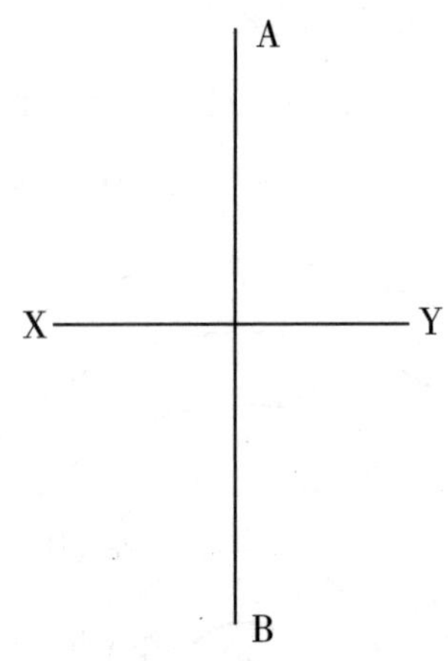

如图 AB 线为纵的研究，代表文学之演进与变迁。

XY 线为横的研究，代表文学史上的派别与理论。

文学史是直剖面的，它不能任意取舍，文艺思潮有伸缩之可能，为横断面的，其中包含有文学的派别、集团、主义。然两者性质虽不同，但互相为用，其关系甚密切，因为两者都是以作者与作品为根据的。

第二讲　古代希腊文艺思潮

一、概论

(一)地域环境

欧洲之文明,实发源于希腊,所谓"二 H"(Hellenism 与 Hebraism)中之一,而 Hellenism 一字,有几个不同的写法,如"Hellenes"指人,"Hellas"指地,"Gracia"则为罗马称希腊人所用之名词。

希腊为一半岛,三面皆水,在东西南各海岸,岛屿林立。这与他们之文明很有关系,古代海上交通甚难,船舶不能远航,赖多岛星布,以利交通。北部有 Olympus 山横亘,寒气不能侵袭,气候因而温和,人民生活容易,且四时皆春,草木繁茂,故其人民甚聪明智慧。

(二)种族

希腊之种族并不单纯,其中可分为四个单位。

A 种:Achace,很占势力;

B 种:Ionia,喜进取(雅典);

C 种:Donia,喜保守(斯巴达);

D 种:Aeolia,杂居各地。

此四种人各有其不同之性格,兹述如下:

A 种人政治力极好;B 种人喜进取及过海上生活,其于文学与艺术之贡献亦极大;C 种人善保守,以训练军国民为其优长;D 种人则散居各地,而附于 B 种人为多。以上四种人,均已成为过去之历史人物,然而其于文学艺术之贡献之大,影响直至今日欧洲文明,所以研究古代文艺,则希腊无疑的成为重要之一页。

(三)社会组织及生活

希腊之社会组织及其生活,且分下列各项述之。

1. 国家组织

希腊国家之组织,是以都市为中心的。纪元前 7 世纪时,已建设各岛之各都市,然各自独立,各自为政,各都市自有其政区,所谓城邦组织(City State),甲乙两都市可以发生外交上之关系,可以自由宣战与媾和。其城邦领土均甚狭小,人口亦不多,以雅典为大。其都市之特色,如人民方面,多聚族而居,部落甚发达。子孙对祖先颇信仰,把祖先当作守护的神,所以人民甚亲密,而存亡与共,因而氏族甚发达。各都市亦各有殖民地,但殖民亦各自独立,除血缘与宗教相同外,政治方面各有其范围,此足见其宗教之发达,尤其对于传统艺术甚爱护,如古文雕刻、图画、音乐……所以城邦对艺术之贡献极大。

2. 宗教

信仰多神教,但与别种人不同。他们所信仰能艺术化的。他们所举行大规模祭祀 Olympic,包含有各种训练——竞技、徒步、赛跑、拳斗、角力、二轮马车赛,其中选手即希腊之人民。

各地祭祀目的不同,如下表。

地名	祭神
Welphi	Apollo 日神
Angoles	Zeus 神父
Lorinth	Poseidon 海神

其竞技之目的是崇拜优胜者(英雄)以橄榄树做成之花冠戴在优胜者头上,假如优胜者是甲都市之人,该都市即以优胜者看待他。同时雕刻艺术家以大理石刻其像放在 Olympic 之场内,或其所在都市内,以使人们瞻仰。而诗人也做诗来赞美他;演说家也在街头替他宣传。因而希腊各城邦虽然在平日多自为政,而在祭祀时则能打破区域观念,而互相联络,故竞技赛会,亦能使各城邦空气上加以调和,而联络其间之感情,且不仅是竞技而已,并能促进艺术之发展,人们有一艺之长,亦可以赴会,参加比赛,如是而宗教艺术化。

3. 宴会(Symposion)

希腊的有闲阶级常举行宴会,在桌之周围陈设卧榻,此时必有唱歌,有舞蹈,有滑稽剧等来助兴,而其中尤以音乐为主要,必须唱一固定之歌曲。唱时有七弦琴来伴奏,其宴会为理性之宴会,即乐而不淫之意。所以调和人生,使内心在此时表露。后来罗马人亦仿此法,但以流为肉的享乐,而失希腊之真义了。

4. 教育

希腊教育以斯巴达、雅典为标准,斯巴达以教育为国家事业,实施军国民教育,以武功为上;雅典则以教育为个人的事业,偏于文治,故对于文化之贡献甚大。当其儿童幼年时,以神话与英雄故事教之,至七岁入学,使从师受业,而身边伴以老年奴隶,此老奴亦薄通文学为合格。在从师时教以音乐、文学、艺术及祀祭之学识,及唱凯歌,如是便算完成其市民资格。女子方面,则以其在社会上地位不如男子,故只主内而已。

5. 奴隶制度

希腊之奴隶,对他们的文明之关系亦甚大,可以说希腊文明基础建筑在奴隶上,其自由民每人以使用六个奴隶为合,他们以奴隶为生产,其奴隶之来源有几种:① 俘虏;②亚细亚贩卖土人;③本族负债者;④弃儿。然希腊人并不贱视奴隶,Aristotle 说:"希腊的奴隶,就是'有智识的家畜'。其主人与奴隶之关系,如精神与肉体之不能分。"本来希腊人重视艺术,如须从事劳役,则艺术当然不能够发达,艺术实是产生于有闲阶级的。

综上各端,希腊人是具备有下列各特点:

①灵肉一致;②康健青春(古代希腊型的男性甚健);③奋斗、热烈;④享乐(理智的)。以上各点,均从希腊的社会情形看出来的。

二、神话(myths)

(一)意义[①]

说到希腊神话的意义,不能不先用实例来说明它,以明神话之由来及其作用。希腊神话是原始民族想像之故事,流传众口而不知其

---

①仅有标题(一)。

发生时日,大概有文字后从而记述,所以现在我们所知道的,都是经过文人润色者,现在先讲其一神话故事如下。

有一天,希腊冥土神 Hades 离了冥土,坐了四匹黑马所拖之马车,被司爱情之女神,名叫作 Aphrodite 所遇见,原来这女神与他不睦的,于是她命其随身手执弓矢而有两翅之小孩名 Elos(或 Cupid)射之,同时另射一女神司农业之名叫 Demeter 之女,名 Persephone 花神一箭,令其与冥土发生爱情,原来 Elos 之箭是可以撮合婚事的。女神 Persephone 本与冥土神 Hades 不和,故意如此恶作剧,使之发生关系。一日 Persephone 在湖畔遇冥土神,冥土神遂掳之而去,到一河旁,带她入地狱,花神之母闻而焦灼,四出找寻,后来到河边见其女儿衣带飘流水上,(因水神帮助之故)乃知系被冥土神所掳,于是 Demeter 到 Olymbics 山神 Zeus 处求救。当是时,Persephone 被掳后,大地上草木皆枯死,Zeus 乃派使者 Hermes 到冥土去救,但已迟到,花神已经吃过冥土食物(柘榴),大神恨,认为不对,虽救出来,然不天天让她在地上,使她秋冬入地狱,春夏在地上,所以每年春夏花木茂盛,而秋冬则枯槁。

这故事本是想像的,能与宇宙相应一致,是值得玩味,此时尚无科学智识,他们见了草木有枯茂,故用故事来解释它,这可以见希腊人之聪明,后来英诗人 Milton 之长篇叙事诗《失乐园》(*Parodise Lost*)第四卷中把这故事插入,与后来文艺之影响甚大,我们在这里可以替它下个定义:“希腊的神话,是想像的故事来解释自然界的一切的。”

然而神话中当然不可缺少神,所以我们先得把希腊神名介绍,希腊共有三百多个神,然其主要者尚不多,其特征为男神勇武、女神貌美,但其神是人格化的,参加人间一切悲欢的。

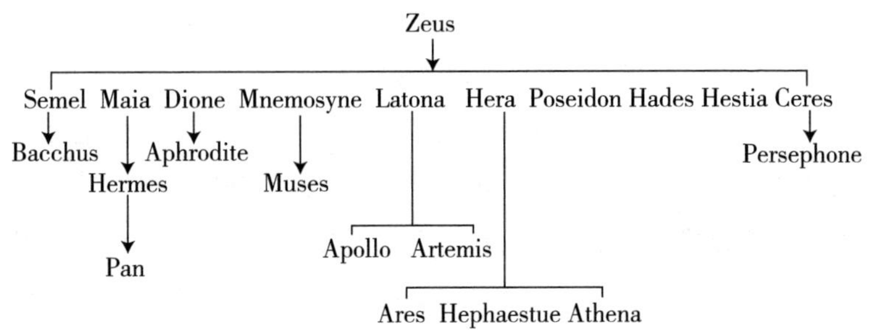

神之系统图

上图说明:

1. Zeus,为神国统治者,代表天空,常坐有大马车出巡;

2. Hera,为女神,大神 Zeus 之妻,性妬,代表空空;

3. Poseidon,男,海神;

4. Hades,男,冥土神;

5. Hestia,女,灶神;

6. Ceres,女,农业神;

7. Latona,女,夜神;

8. Mnemosyne,女,记忆神(大神之爱人);

9. Dione,女,露神(同);

10. Maia,女,平原神(同);

11. Semel,女,非神(同)。

Hera 后所生三子为:

1. Ares,男,战神,随时随地身边有跟从者,其姓名为:①好斗者 Enyalios;②争斗者 Eres;③恐怖者 Phobos;④喧嚣者 Kydoimos。

2. Hephaestue,男,锻冶神,造甲胄,跛一足者。

3. Athena,女,和平神,智慧神。此女神非母所生,乃父 Zeus 所生,据云由头上生来的。一日,Zeus 觉头痛,命 Hephastue 以利斧劈开头而生的。

Latona 同时双生两姊妹:

1. Apollo,男,日神,美术;

2. Artemis,女,月神。

Mnemosyne 共生子女九人,头发均金黄色,爱舞蹈歌唱。

Aphrodite 女神管爱情、美貌、快乐、结婚等事,在她身边之小孩 Elos 有双翼,手执弓矢,是她与战神所生之子。

Hermes 是天国的使者,相貌英俊,双足有羽毛,手执棒丈,以两蛇系成者。管商业、风、旅行、交通、牧畜、盗贼……保护者。

Pan 是 Hermes 与林中仙女 Nymphe 所生之子,貌甚奇,人身、羊足、有尾,能吹笛。

Bacchus,酒神(与希腊后来悲剧产生有关系),又往往于书中常见神同名异者,是因为后来罗马改过其名之故,兹列表如下以比较之。

希腊罗马神名比较表

希腊神名称	罗马名称
Zeus	Jupiter
Hera	Juno
Athena	Minerva
Hephaestus	Vulcan
Apollo	Apollo
Artemis	Diana
Demeter	Neptune
Ares	Mars
Hestia	Vesta

三、叙事诗(Epic)

叙事诗是供人背诵,伴以音乐(七弦琴或竖琴)的歌词,与中国的弹词相仿。西历纪元前9世纪,已有叙事诗萌芽,当时有所谓行吟诗人,以卖唱为职业。所唱的诗词,是自著或别人著的。讲到其时叙事诗人,当首推荷马。

(一)荷马(Homer)之生平

他生于何时,以希腊名历史家 Herodotus 推算,在纪元前850年左右,其所生年代诸说不一,然较可相信者,当以此暂定之。其所生之地是小亚细亚希腊殖民地之城,晚年目盲,抱竖琴到各处漂流,行乞于希腊各城市,唱其自己所编之故事。生时虽为乞丐,而死后极得人注意。各城市均争云荷马是生在他们的城市者。如1. Smyrna;2. Phodos;3. Colophon;4. Salamis;5. Argos;6. Athens;7. Chios。上列各都市均争一死荷马,可见他死人之受人欢迎。Byron 曾叹息说:“七个富裕之城,而争这已死之荷马,他活着时候,正乞食漂流于此七个都市中。”

至其生平多不可考,所以有人提出荷马问题,而怀疑并无其人。以为其著作为无数无名诗人之所作,经过长久年月而堆积成功的,荷马乃代替名词,他们并说荷马一词,在希腊文中,为盲目之意,所以怀疑荷马无其人。由是便引起了文学家及考古家之注意。1795[年],德学者 F. A. Wolf 发表其研究“荷马研究之导言”中,便有否认荷马其人之存在。并认为纪元前6世纪时希腊僭王 Peisisrvatos 集成此作品的。而与 Wolf 之说反对者为法人 W. Nietzsche①,后来到 1868 年,德考古家 Schliemann(1822—1890)发掘古代遗迹,在东北半岛小亚细亚沿海发现古城 Troy 城。而荷马作品中即以此城为背景者,再证以古代风俗、生活,等等,确有其事,可知非别人所能伪托的。但我们就研究方面来说:只要有作品,便可以作为根据的去研究,作者本人的生存是次要。

(二)荷马之叙事诗共有两部:

1. *Iliad*(亦作 *Illiad*);

2. *Odyssey*(*or Odyssia*)。

我们先讲第一种 *Iliad*。此诗以 Troy 城为背景,把它的简图画在下面:

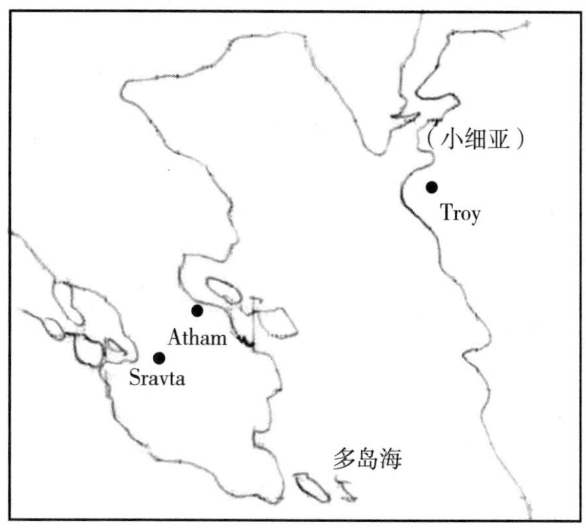

①尼采(W. Nietzsche)为德国人。

纪元前15世纪Troy城当存在。城主名Deianira,其次子名Paris,到Sparta作使者。Sparta王Menelaus款待他以上宾之礼,因而Paris在Sparta作客。其时王出巡到外边,王妃名Helen者,为岛上之美人,她遂趁王出外而与Paris要好,相偕逃回Troy城。然Helen在未与王结婚之前,各岛及各城邦早有盟约:有敢犯Helen者,则合力攻之。故Menelaus知情后,马上传檄四方,各城邦均以兵响应之,因而组织希腊同盟军。其名将如下:

1. Pylus国之Neston;

2. Salamis国之Ajax;

3. Argos国之Diomedes;

4. Ithaca国之Odyssey。

而诗中所描写的,除上列四人重要外,尚有Petra之Achilles为尤主要。主帅是斯巴达国王之弟Mykene国之王Agamemnon。如是渡海攻Troy城。

Troy城方面之人物,则以Hector与Aeneas为主要。

此故事诗描写此次战事,而尤重于描写Achilles。全诗共二十四卷。用直叙法描写的,其重要情节略述如下:

第一卷:

开始描写Achilles之忿怒。原来希腊军之攻小亚细亚,是附带有经济的条件的,他们同时要向小亚细亚找寻殖民地,所以军行至一路之上,不免有掠劫行为,不单是抢金钱,同时还要抢女子。此时主帅Agamennon与Achilles均各抢有美貌女子,而Agamennon所抢的是Apollo 庙中祭司之女,名 Chryseis 者。祭司痛其女之被抢,乃躬自到营中欲以金钱求还,不许,祭司乃祷告神明,神怒,降军中以瘟疫,军人皆患病。Achilles 询军中预言者,得悉其情,乃劝 Agamemnon 放祭司之女。Agamemnon 不独不肯,反以恶言相向,且谓:“如须我放回祭司之女,则请以你所抢之 Briseis 与我。”遂破裂。Achilles 引兵还而不前进矣。

按,此卷中所写甚合实际,如军行多劫掠、多瘟疫,均为现实的。

第二、第三两卷:

此两卷写希腊联军已到 Troy 城下,Paris 在城上见希腊兵,并见 Sparta 王 Menelaus,他非常害怕,其兄 Hector 见其无能而责其不勇,Paris 谓:“天生我美半姿已够,其余非所管。”Paris 出城战败。按此卷中描写 Hector 亦在城上,表现其忧怨处极好,这次交战后议和。

第四卷:

斯巴达与 Troy 城讲条件,其重要为放还 Hector。此卷中休战,而 Troy 方面趁人不备,暗放冷箭伤斯巴达王,和议因又破裂。

第五卷:

写战争时希腊将 Diomedes 之勇入敌阵。

第六卷:

因希腊将勇敢而 Troy 城大将 Hector 出阵应战,在出阵前其妻 Andromache 惜别,描写极佳,不但是叙事,而情绪亦颇充溢。

第七卷:

写 Hector 出战,与希腊大将 Ajax 交锋,胜负未分。

(以上为双方实行战事第一天)

第八卷:

希腊军为敌人所败,因无 Achilles 之故。

(此为战事第二天)

第九卷:

希腊军主帅 Agamennon 后悔其不该与 Achilles 争吵,遣 Odyssey 劝 Achilles 返营,被 Achilles 所拒绝。

第十卷:

希腊将 Diomedes 与 Odyssey 去袭敌而小胜。

第十一卷至十六卷:

为战争第三天,希腊主帅 Agamennon 及 Diomedes 与 Odyssey 均受伤。Hector 攻入希腊军营,并将放火焚希腊船。

第十七卷至十九卷:

希腊军队将官 Patroclus 因与 Achilles 友情较深,乃往向其借甲胄,为恐吓敌人之用,因为是 Achilles 名将,其勇武为人所畏。此诗中描写甲胄处极佳,在当时甲胄是可以代表人的。而此甲胄更与人不同,乃 Achilles 之母 Thetis 为半人半神者,她曾命冶铁神 Hephaestus 为 Achilles 冶制此甲胄,由胄上所刻花纹极精致,有大地、天空、海洋、星宿、田园、葡萄收获景况及酿酒畜牧,举凡人生工作及宇宙情形,均雕刻在上。Patroclus 得甲胄后冒充 Achilles 出阵,敌人果为系 Achilles 而败。但 Patroclus 不自量而穷追,遂被 Hector 所杀而取其甲胄。

第二十卷至二十二卷:

为战争第四天。描写 Achilles 闻说后,一方面痛好友之阵亡,一方面恨甲胄之入敌手,因怒而回营。此诗重要是描写 Achilles 与 Hector 之战。两雄相遇,本是胜负不分,然而 Achilles 得神力帮助,终于杀 Hector 而得胜,并系其尸于车后,绕 Troy 城三匝示威,且夺回甲胄。

第二十三卷:

希腊军胜利后举行 Patroclus 安葬典礼。此卷中重要处在描写希腊古代仪式,并举行竞技。(关于此段描写,英人 H. G. Wells 史纲上卷曾引用过,可以见其关于文化之价值。)

第二十四卷:

描写 Troy 城老王 Priams 见儿子 Hector 之尸首而悲哀,以许多礼物来希腊营中换回其尸,亦开葬仪典礼。

按全诗以双方战事作材料,而重要主角则为 Achilles。结构分廿四卷。以 Achilles 之发怒开始,并以其返营为终结,而以双方举行葬仪收束。至于肇祸之美妇人 Hellen,诗中并未提到其结果。后人有补充于诗外,谓其于城破时死。

荷马之第二部叙事诗名 *Odyssey*。这部内容比较复杂,以表说明其中简括情节及人名,然后再按照它的各卷内内容略述之。

八种情节简表于下:

1.诸神会议
2.Odyssey之家中
3.Telemachus寻父
4.Calypso岛
5.Phaeacians景仰
6.Eumaeus的茅屋
7.Odyssey化装乞丐
8.圆圈与胜利

掠夺Liones人
Lotuseaters食莲人
Cave of Aeolus族人以风送之
Laeotiygonian Gianto蛮族
Circes Isle岛
Descent to Hade入地狱
Sirens之歌
太阳岛
Calypso

上表右列第五项所经过情节，为 Odyssey 在外情形而由其自述者，在第一部诗中，Odyssey 随希腊军打仗，回时经过许多苦难。因为他是个狡智之人，当其攻 Troy 城时，曾设用木马计，于木马腹中置希腊军混入城而城破，因腹中军夜间开城门之故，而希腊军乃得入城。神恶其狡智机诈，使之不能回希腊，而在海外飘流。全诗亦二十四卷。

第一卷：

神国诸神开会，决议使 Odyssey 在海外飘流，此时和平女神 Athene 帮助 Odyssey，要求允许其回国，虽有一部分神不肯，然而终于允许了。Odyssey 的家乡是 Ithaca。和平女神已变成一个名 Mentol 者到其家中暗助其子，使之出外寻父。本来以女神助他，则无有不成功者，何必如此之间接助其子呢？这原因以后再说明。

第二卷:

Telemachus 出外寻父,不使母知,此时和平女神与他一同航海。

第三卷:

Telemachus 到 Pytuz 国,国王 Nelton 为其父之朋友,询以其父消息。Nelton 答谓战后分别,下落不知,命其子与之同赴斯巴达。

第四卷:

到斯巴达询国王 Menepaul 以其父消息,此时斯巴达国中有人知其父曾困在 Calypso 岛,遂得知其父下落。同时,此卷中更描写其家中情形,其母 Penelope 在家被奸臣逼其改嫁,谓 Odyssey 在外已久,而写到她知道儿子出外而甚忧心,和平女神托梦告其勿忧。

第五卷:

写希腊神后 Hela 也帮助 Odyssey,令 Mecury 到 Calypso 岛救 Odyssey,此时 Odyssey 到此岛已八年。此岛为一古岛,岛上女巫 Calypzo 所管理,她会法术,不许其回,并谓已与 Odyssey 发生爱情关系,后经 Mecury 交涉,始承认放其回国。并为预备航海用具。于是 Odyssey 坐海船还家。但又以与海神 Poseidon 不睦,海神以暴风雨阻之,船遂破而落水,幸习水性,又以海中女仙 Nymph 所救而得飘至 Phaeacian。

第六卷:

和平女神一方面又来助 Odyssey,使他与 Phaeacian 国王 Alcinous 之女 Nausicca 得相会机会,遂到 Nausicca 处托梦,嘱其到海边洗衣,且偕同奴隶去,当遇英雄。(这是 Odyssey 到之前一日)

第七卷：

Nausicca 到海中，见一人衣裤尽湿于沙滩上，知为英雄遇难，因怜而救之，请其到宫内去，其时 Odyssey 不说其姓名。

第八卷：

Phaeacian 国王开宴会竞技，歌女弹歌故事，唱到希腊联军攻 Troy 城时，Odyssey 闻而感慨，始说出其真姓名。

第九卷（此卷为全诗中之重要者）：

Odyssey 对 Phaeacian 王自述其冒险故事，谓第一次回时经过 Gomuvne 城时，士卒曾伤害了城中之 Cieoniaus 族人。第二次经过食莲岛，军人食莲后不知归国。第三次冒险到 Cyclop 巨人岛，岛上有洞穴，洞外有大石，与士卒六人入洞，见洞内有羊酪等食物，遂在洞中安憩，是夜忽有羊群入洞，随后跟着一巨人，巨人入洞后将石塞洞口，兵士六人为其所食，此时人急智生，Odyssey 以身边之葡萄献与巨人。巨人乃不即吃他，而先喝酒，饮后醉倒洞中。Odyssey 此时急取木而削尖其一端，而以火烧之以插入巨人之目（此巨人只有一目），巨人遂失明。然 Odyssey 亦不能出洞，直至俟巨人开石放羊出洞时，抱在羊腹下混出洞。但不知此巨人乃海神 Poseidon 之子，海神乃以暴风雨报复，因而飘流。

第十卷：

自述其飘流至 Aeolus 岛处，岛王怜而以顺风袋送之，讵舟子以为袋中为珠宝，因怨而开其袋，以至失去顺风又飘流至 Faeatiyganianl 之吃人巨族，船破，飘至 Circe 岛，带同伴到女巫 Circe 处，女巫以魔酒与其同伴吃,食后皆变猪,此时神知其事,和平女神 Athena 又派 Hermes 来与 Circe 交涉,令其仆仍变成为人。Odyssey 遂在此岛住了一年。

第十一卷:

Circe 劝其赴 Hade 问预言者 Tiresias(女巫法术可使之入地狱),预言者谓其尚有几次危险,并告以御防之法,而此时 Odyssey 在地狱中见了以前阵亡将士,并见了当时主帅之 Agamennon,因其妻不贞,回国后被其妻以利斧杀死。

第十二卷:

又飘至一处,有声歌迷人之女妖 Sirens(预言者曾告以鸟头人身者为女妖,可用蜡塞耳,而自缚在船上)。因波浪太大,船又将破,旋又经过六头怪人 Seylla,将船中六人食去。再到 Sicily 岛,此时离家已近,与同伴上岛,见有牛在地上,因与同伴杀而食之,不知此牛乃日神的,日神怒,令他再飘流至 Calypso 岛,居八年乃至 Phaeacian 岛。

第十三卷:

Odyssey 说罢,国王知为英雄,乃为之预备船只而送其回国。回国后他暂时尚未回宫。和平女神化一乞丐引之入 Eumaeus 之茅屋。(为他之管畜者)

第十四卷:

在茅屋中住了一夜,但 Eumaeus 以久别已不认识。

第十五卷:

其子亦返茅屋,父子相见。

第十六卷：

其子 Telemachus 令人报知其母以本人已返。（但未言父归）

第十七卷：

Telemachus 先回宫见母，Odyssey 亦返宫，但以仆仆风尘之旅客模样，人皆不识，惟所养多年之老狗尚认识，它在 Odyssey 身边走来走去而死。其狗名 Argus。入宫后，并不说明其为何人。

第十八卷：

其妻正在设计推托奸臣逼嫁，谓纺织未完工。（她日间纺织，入夜又剪断，所以无成功之日。以此骗奸臣）

第十九卷：

Odyssey 入宫后，宫中以客人招待之。惟其昔日乳母名 Euryclea 以 Odyssey 足有痣而尚认识。但 Odyssey 嘱其勿告知 Penelope。

第二十卷：

宫庭大闹，奸臣逼 Penelope 改嫁，奸臣聚宴。Odyssey 在内而被逐。

第二十一卷：

Penelope 见奸臣逼得无法，乃设计对奸臣说："有能开此弓者当嫁之。"Odyssey 乃开弓把奸臣射死。

第二十二卷：

父子平定宫中内乱，除去十二个恶女仆。

第二十三卷：

Penelope 知其夫返，团圆。

第二十四卷:

被杀后诸恶亡魂,为 Hermes(Mercury)引去。

(三)研究

讲罢这部诗,我们从两方面来研究它。

1. 全诗的结构

主要故事为 Odyssey 之飘流。其中,一、海神与之作难;二、和平女神帮助。

附属故事为其家庭(有忠者、奸者)及背景 Troy 城之战。

而诗须注意 Odyssey 之勇敢与狡智。

2. 写作意图:这诗作者荷马何以要这样写

在荷马时代,正是希腊之神权时代的社会,一般人心受运命的支配,而有一共同之信念,以为人力不能反抗命运。作者由此点出发,而发生了一种感想与理想,以为人们应该有高贵的心意,可以反抗运命而克服环境,人定可以胜天。作者即以人们应该保存其贵的权威的心意的思想,用抒情诗来描写。具体地说来,其所描写人物,均有其用意,如 Odyssey 之百折不挠,其性格代表刚毅的、有智略的,在诗中代表了一种聪明的心意。换句话说,便是 Odyssey 用他的聪明智力来克服他之环境。其次诗中第二人便是 Odyssey 之妻 Penelope。她受奸人之逼而能坚贞其志,并能用机智来推托奸人,其行为可谓高贵,其用心亦极精细。在诗中,她代表了细心之人,所以她也能克服她之环境。其次再说到第三人,便是 Odyssey 之子 Telemachus 之出外寻父,且更能助父除奸,其性格可谓勇敢审慎,有乃父之风,在诗中他便代表了审慎的人。

据上所述,可见一个人具备了聪明、细心、审慎的美德,是可以反抗运命的。本来希腊神力神通广大,既有意救 Odyssey,何不即发天兵天将,而必须让 Odyssey 受尽险阻艰难呢?这是值得注意的。作者之意,是启示神力虽可以帮助,然而一方面仍须自己努力,然后可以挽回自己的运命,否则神力亦无所用的,因为神力只能助自助者,要是自暴自弃,徒倚神力是不可能的,作者此诗意识极高,含教训之意。从此更可想到希腊人民族性之特点,及其奋斗之精神,他们虽然信神,虽然靠命运,然而他们能够自己努力,本着人定胜天之精神去奋斗,并无半点颓废气象,故影响至今极大,因其内部生活能创造,外面所表现亦能努力,无怪其成为古代文明区,而产生几多文学艺术与思想家。荷马知其时代环境,可以见其虽盲于目而不盲于心,此荷马之所以成功,此荷马之所以伟大。

(四)异同

我们讲罢荷马这两部诗,把它的异同之点与它的价值再说明一下:

1. 相异点:

Iliad	**Odyssey**
描写战争之作	描写冒险之作
伦理动机	发展人格
时间三四天之短	十年冒险之纪录
用第三人称写法	主人公之自述
悲壮而有力	文笔优秀并抒情

注:所谓伦理动机,如友谊之破坏、用葬式结束,表现古代感情之敦厚。所谓发展人格,古代的艺术本甚幼稚,而此诗能一步一步地写克服危机之步骤,确是能发展人格。

2. 相同点:

(1)背景同(同以 Troy 之战为背景);

(2)理想相同(希腊民族的精神);

(3)描写之优点同。

按 Aristotle 之诗论中曾极赞此诗,把其称赞其好处归纳于下:

①繁重,然感应甚深、艺术手段甚高;

②诗之剪裁与布局,有独到而特长处;

③写人物不但逼肖,并能增伟大与崇阔;

④能知诗人身份,避去自己口气。

3. 二诗一般之价值:

(1)结构伟大;

(2)想像力丰富;

(3)热情奔放;

(4)辞藻丰富;

(5)修辞巧妙;

(6)将希腊民族思想、智识、道德表现于诗中。

德 Karl Marx 曾说过希腊神话,不单是希腊艺术之宝库,也是希腊文学艺术之基础。(见 Marx《经济学艺术之批判》)

以上便是 Homer 之 *Iliad* 与 *Odyssey* 二诗之比较。

(五)至于二诗之译本,有下列各种:

A. Long:*The Iliad of Homer*

S. H. Buthen:*The Odyssey of Homer*

以上是散文译本

Elderly :*The Iliad of Homer*

William Cowper:*The Odyssey of Homer*

以上韵文译本

至于中文方面的有下列几种:

1. 散文节本

(1)《依利亚特》谢六逸译 商务

(2)《俄德西冒险记》同上

2. 韵文译本

(1)《奥德塞》傅东华译 商务①

与荷马同时的叙事诗人,还有一个很重要的名 Hesiod 者,与 Homer 有相异之点,他是住在那 Boeotia 之 Helicon 山麓,初为牧羊者,因 Boeotia 地方人有音乐嗜好,所以他从小便喜欢诗歌与音乐。其诗与荷马不同,荷马为贵族诗人,专唱英雄美人;Hesiod 为田园诗人、平民诗人,专唱田园生活与自然生活者。二人成为纪元前希腊叙事诗之两大宗派。

Hesiod 之作品有三部,但第三部又让人怀疑其非 Hesiod 之作,现

---

①仅有标题(1)。

且分说如下。

第一部 *Works and Days*

此为叙事诗而风格含有教训(Didactic Poem),诗中描写种田的农夫与水手工作时所应该注意的事,为实际生活,诗共有八二八节,内容分三部分:

①序诗,其中述其本人对其弟 Perses 所说的话,是关于工作的教训;

②写耕农、舟子各应该具备的智识;

③历法,希腊人看重历法与吉凶,当时农民看气景须具备此智识。

第二部 *Theogony*(**《神统计》**)

讲神之系谱共一二二节,为开始讲希腊人之宇宙观,如天地、海洋、日月、星辰之生长与系统,其价值在把希腊神话使之组织化,使后人研究便利,同时更记希腊之宗教观念,影响于文化亦甚大,这诗是属于 Genealogical poem。

他的著作,除此两部而外,尚有一部,但是否为他所作,尚属疑问,兹为研究方便起见,也把它举出来。

第三部 *The Iliad of Heracles*

Heracles 为希腊之半人半神之骁勇无双的英雄,这诗描写他的盾,共四八〇行(大半残缺)。并写他之勇敢行为,与盗神名 Lycan (son of Ares)者战斗,其特点即在描写盾,似摹仿荷马诗 Iliad 第十八卷之描写 Achilles 之盾者。(此即可见非其作风与前二首之不同,故

人们均以其为伪作）

自荷马与 Hesiod 以后之叙事诗人虽多，但不是学荷马，即是学 Hesiod。依样画葫芦，没有新创作产生，故统称之为小叙事诗人。自纪元前 8 世纪后即停顿而无进展，此二人可以代表希腊其时文艺思潮者。

希腊叙事诗属于民族叙事诗，由民族堆积而成，与后来个人之叙事诗对立（如英之 Milton 与德之 Goethe 即为个人叙事诗），中国无民族叙事诗，因为中国祖先在黄河流域，生活苦恼，人民刻苦，不能如希腊民族之快乐而能养成现实性格，因而缺乏想像力，不能产生古代叙事诗，虽有人以为黄帝征蚩尤为中古代神话，亦有民族战争，然以缺乏想像力，终无叙事诗之产生也。

四、抒情诗（Lyric）

Lyric 是由 Lyre 而来，其形如，最早之希腊乐器为琴与笛两种，笛如。抒情诗之 Lyric，其意取其可以伴乐而歌唱之意。抒情诗全盛时期是在 650—450（纪元前）。可见叙事诗比较发达得早，因此时希腊文化已较进步，政治社会方面，均足以使他们个人得到发展，神权社会渐趋没落，人生已不至完全为神力所支配，始有个人的呼声，在文学上所表现的，是挽诗，讽刺的、喜悦的。个人的感情，用文学的形式来表现出来，而渐形稳固，因此文学也益形发达。然而抒情诗是随社会而进步的，抒情诗所以会较叙事诗发展得迟缓。

抒情诗也可以分为个人抒情诗与集团抒情诗两种。

(一)个人抒情诗人

现在先讲个人抒情诗人的抒情诗,并其简要可考之作品,因为这都是可以代表希腊思潮主观的吟咏,而流行于 Acolia 者,这诗可配七弦琴来唱。现在把其代表诗人之可考者来讲:

1. Sappho

Sappho 是个女作家,其生平诸说不一,大概是纪元前 6 世纪的人,关于她之历史,据稍可靠的传说,希腊有名历史家 Herodotus 说她出身名门,曾与 Phaon 谈恋爱,据说因失恋而自杀,她极得希腊人之重视,所以关于她之出身,便生了不少的神话,现在举下列三项来证明之:

(1)说她本来是奴隶,其兄赎之出,后嫁与 Phadophil,她之诗是忆丈夫的;

(2)说她在 Nile 河沐浴,老鹰衔其履飞到那 Memphis 地方落下,此地即埃及王(Egypt 王)之座前,王乃访得 Sappho,纳为后,死后,王为之造一金字塔;

(3)说她之恋人甚多,而最爱 Phaon,据说 Phaon 与众不同,曾得爱神给以长生不老之容貌,因之 Sappho 年老色衰而失恋自杀(到 Lesbos 附近之海滨 Leucodian-Rock 处投海而死)。

以上三种传说,均不可靠,然颇足以证明希腊人对她之崇拜。(神话中九美女神,而希腊加入 Sappho 为十人)她之抒情诗之好处在能大胆地写出女性之热情,甚至有人说她当时有同性爱,其所写之诗偏于肉感,其诗是假托爱神说的话,为送爱神之颂诗,现存有两首 Ode,其余零片断简,均付残缺,间或有哲人引用其中一二句诗句而已。

2. Anakzeon

以写爱与酒出名，他在雅典，雅典王 Hippanalaus 甚爱其诗。其诗共有五卷。

3. Alkcus

他描写希腊人之生活，尤其关于政治及战争方面。其作风与前二人略异。其作品大概有十卷，此外尚有小说、赞歌，然均已失传。

（二）合唱的抒情诗

合唱抒情诗，其品作价值较个人诗为高。产生于斯巴达，因斯巴达人勇敢，故 Olympic 竞技，以斯巴达为盛行，胜利者受人祝贺，因而合唱诗亦为贺礼；其次，斯巴达对祖先之崇拜，与其爱国心，为斯巴达之特殊精神，这也可以使他们多增合唱之机会；再则斯巴达注重体育，锻炼时音乐不可少，故斯巴达人所以特长音律。至于合唱的诗人，比个人诗人为多，现在举出下列几个。

1. Alkman（660B. C.）

他是奴隶出身，所写之诗不外爱、自然与女性。

2. Tisias

他是出身于 Sicily，后来到斯巴达。有诗二十六部，大部分为赞颂的，也有咏爱情的。其诗之特点有三[①]：①合唱诗中夹叙事；②材料范围广大（把希腊人生做材料同时也把希腊英雄做材料）。名家多尊敬他，以他比叙事诗中之荷马，他之诗甚多，兹举一二如下：

---

①仅列两点。

(1) *Game is Honor of Pelias*;

(2) *Geryoncis*;

(3) *Cerberus*;

(4) *Lycmis*;

(5) *Scylla*。

3. Simonides(556B. C. —468B. C. ?)

他是希腊人,波希战争时以抒情诗歌咏战时英雄,其作品有三种:

(1)庆祝战胜的诗(Epimeia);

(2)赞歌(Econia);

(3)哀悼(Threnody)。

其著作尚可见者有 *Danae*(有英译本 *Symonds*)。

4. Pindarus(521B. C. —441B. C. ?)

他是合唱诗人之代表,出身为贵族,生于那 Thebes 附近之村落,其诗歌特色,是歌竞技壮观与胜利之光荣,因他是称赞人应该为伟大之奋斗生活,克服一切困难,其文笔华美而严肃,共有诗四十四篇(属于 Epimicia)。其诗之作用不一,如下:

(1)十四篇在 Olympic 竞技时歌唱;

(2)十二篇在其他如祭祀 Pythian 时歌唱;

(3)七篇在 Nemean 时唱;

(4)十一篇在 Isthmian 时唱。

总共四十四篇。

以上皆为抒情诗，然其实抒情诗甚复杂，此不过为便利研究而分之。

至于其时尚有下列各种诗歌，把它简括说：

1. 挽歌（Elegiac poetry）

并非完全悲哀者，于文艺宴会时（Symposia）也可以唱的，其形式是挽歌，而内容却不一定是悲哀的成分，Tyrtaeus（694B. C. ?）之挽歌最好。在战争时斯巴达所唱的，及凯旋时用。

2. 墓铭（Epigram）

此不止是刻在墓上，寺院中之供物器具上亦刻有此种诗句，甚至日常用之陶器亦刻有此诗，其体裁用一定之诗句之字数传达我们一种隽永的思想，使人感到无穷之意味。

3. 讽刺诗（Iambiec poetry）

公宴时取快乐——嘲笑

祭祀时调和空气——滑稽

有名作者 Archilochus（688B. C. ）。

4. 寓言（Fables）

借禽兽的话来规诫，有教训之意，如 Aesops（5B. C. —72B. C. ），后人有译作《伊索寓言》。

5. 谐歌（Parody）

所说的话，是正真事实之反面，有反讥之意，应该与讥讽同类。

五、悲剧（Tragedy）

（一）悲剧产生之社会意义

悲剧在希腊之产生，是因为希腊崇拜 Dionysus 酒神（Bacchus），这神在希腊之许多神中为晚出者,而非希腊神中所固有之神,系别族之神传入者,在 Olympic 之神座中无其名,可见 Dionysus 是外来的神。在先希腊人不当他为酒神,只当他为管草木发生繁盛,后来传入希腊,亦以草木神目之;并以之为无花果之神。Dionysus 之相貌如山羊,居于 Nysa 山中,其父为大神 Zeus,其母为人间 Thebes 国王之女 Semel。其母有孕时曾要求 Zeus 现其神光,讵料 Zeus 一现神光而乃 Semel 即死,腹中之 Dionysus 变成果树,遂变成神。这便是 Dionysus 历史的传说,他管理果树,尤其是葡萄,由葡萄之能酿成酒,而变为酒神,再由酒神而变为陶醉之神,成为抽象名称。希腊对他极崇拜,每年举行祭祀两次,把东方及各地风俗混合。第一次举行在春天,当秋冬过去,葡萄既收获且又酿成酒,并春日百花绚灿,皆为神之功与恩惠,故举行祭祀,第二次举行在岁暮,庆祝收获,至于祭祀种类,各地不同,有城市的,以雅典为中心;有乡村的。每次祭祀时间,大概五六天,雅典祭神,以三四月这次为最重要而热闹,各都市均有礼物送与雅典——贡物,其他向雅典纳租税者亦来,而异乡游子与商人,均于是时到雅典,政治与经济方面均发生关系,而这五六天中,尤其以第一二两天为特殊重要,第一天须大排列游行,神像居后,把神请入竞技场中。

第二天开始演剧,惟最初无所谓悲剧,534(纪元前)起始有悲剧表演,悲剧就是从这祭式集团中产生出来的。

原来在未有悲剧之前所演的是剧诗(Dithyrambos),诗之材料从过去的叙事诗来,诗中感情从抒情诗来,思想则从教训诗(Hesiod)

来,而成为混合体的诗剧。在祭祀时有许多须化装而戴面具的歌队,同时学羊叫(象征酒神相貌如羊)。在神坛下载歌载舞,其歌调或者悲哀,或者兴奋,歌之内容,以酒神故事及其同伴 Satyrs 之故事(Satyrs 为半人半兽之怪物)。歌其从前之困难,因之有了歌队,悲剧便产生了。

因为歌队在祭祀时亦加入大行列,歌队中之队长排列时,歌唱者分左右两行,队长居中,行列一面行一面唱,唱时间或夹入问答,在问答时歌者须有拟态之动作,队长司答,行列唱者司问。(如队员问酒神从前事,队长预备答案答覆之)后因之变成为悲剧的问答。

(二)悲剧的竞赛

悲剧产生以后,便有作者出而著作,在祭祀时举行悲剧竞赛,本来祭神仪式由官厅管理亦为行政权限之一,故举行前政府先由各地选出评判员,其姓名初不公布,只把其藏于瓶中,埋入神座下土内,到表演时评判员亦杂坐看席中,结果各将其批评交与政府,政府始行分别给奖。(按其选法由初选时每族人选出数人再由雅典择十人,以十个大瓶装入埋在土中,其批评每人一种,由政府择五种,以神意为决定,故略有不平处)受奖之胜利者,以青藤作花冠赠之,更把剧作者姓名刻于石上,以为名誉上之褒奖,至于金钱方面则较薄,因为竞技时开会所用之钱很多,而又系由政府指派富户捐助者之故。

(三)三大作家

悲剧作家中之三大作家,为尤重要者,现在按年代次序讲讲。

1. Aeschylus(525B. C.)

他生于一贵族家庭,时值波希战争,他曾经参加兵役以至负伤。据传说其幼时曾于晚上得一梦,其时因为他去守葡萄田,酒神托梦嘱其写悲剧,这传说有神意在。他第一次获奖的悲剧在 499 年(纪元前)。后来对雅典文化上之贡献极多(有八十篇),他死时也有一传说是因为他在露天写悲剧时,有老鹰抓一乌龟,因为欲将乌龟从空中掷回地心,使之脱壳而便食其肉,不料这乌龟却正掷在 Aeschylus 头上,遂死。这传说真不可靠,因为他们只凭 Aeschylus 神像头上有鹰,足下踏龟,遂传言被龟打死,不知此乃象征龟为七弦琴,鹰为高飞,象征 Aeschylus 文学之高明的意思。他的作品遗留很少。(分之则各部独立,合之则为整篇,材料是一贯的)我们所知的为下列各种:

(1)*The Suppliants*

这是第一卷,中下卷均失传,其译意为求告或求保护之意。卷中描写埃及的故事,埃及王 Danaus 曾养女子五十人;其弟则养男子五十人,内乱起而五十男子争夺五十女子,于是五十女子逃走希腊之 Argos 都求保护,Argos 承认保护之。这戏只用伶人二名,其余五十女子及五十男子,俱用乐队充当,其所用主角为埃及王名 Danaus,及 Argos 王。

(2)*The Persians*

此卷为三部曲之中卷,首尾均散失。卷中描写波斯王远涉重洋而征希腊,因造桥得罪海神 Poseidon,于海中被飓风吹覆其舟而沉没,波斯王于是死了。戏中表演其母 Atossa 不知其子死而在盼望,同歌队问答,并以所得不祥之梦兆告诉歌者,此时战场死者灵魂出场,告以波斯王沉没。老王灵魂(Atossa 之夫)亦出场责其子不该得罪海神,Atossa 甚痛切。此时歌队乃唱哀歌。

(3) *The Seven against Thebes*

此卷为三部曲之末卷,一二卷均缺,其中描写 Argos 与 Thebes 之争。

(4) *Prometheus Bound*

首卷偷火,末卷解缚,事实不得其详。大概是 Prometheus 同情于人类,Zeus 大怒,用神力将 Prometheus 缚诸高山上,使大鹫来嚼他。

以上四篇均不完整,以下四篇再简单地来谈谈。

Trilogy of the Orestia 这是三部曲总名。

第一部曲 *The Agamennon*;

第二部曲 *The Choephoni*(供养者);

第三部曲 *The Eumenides*(复仇者)。

第一部曲写 Agamennon 被刺;第二部曲写 Agamennon 之子为父报仇(子名 Orestia);第三部曲写复仇神以 Orestia 杀母违犯神刑而追捕之,Orestia 逃至 Apollo 庙中。

以上为 Aeschylus 之完整之三篇。总括看来,Aaschylus 之特点在写希腊人之命运观,认为神力不能反抗的。

2. Sophocles(495B. C.)

他为悲剧中创作家第二人,生于雅典,出身于贵族家庭,长于和平之乡,其生活极幸福,所以能够培养成功为希腊之国民精神之代表者,其幼时爱好音乐,亦曾参加竞技,对荷马诗极有研究,二十八岁时开始写悲剧与 Aeschylus 竞争,其结果 Sophocles 胜利,他的作品据说百多篇,惟现时所保存者约七篇而已,把它列举出来。

(1)*Oedipus The King*

Oedipus 为传说中极通俗之人员,人皆知其为弑父娶母乱伦之君,他从小生长于国外,据说其父母生他之时,预言者曾加以警告,谓其将来必弑父,其父母闻言,乃将 Oedipus 弃于野外,把他的两只脚捆着。不料为樵夫抱去抚养,其后他身在异邦培养成一个武士,他知道养大他的不是他的生身父母,因而出外找寻,于途中遇一老者于车马中,Oedipus 以不肯让路而斗,格杀老人,而不知其为父,国后羡慕其英勇,与之成婚,彼此不知而铸成大错。结婚后 Oedipus 即为国王。

(2)*Oedipus at Kolonus*(受报应)

Kolonus 为雅典西北一都市。卷中写其与母成婚后已生子女,预言者告以其妻即其母。Oedipus 闻而出亡,至 Kolonus 自抉其双目。

(3)*Antigone*(Oedipus 之女)

自从 Oedipus 出亡后而国内大乱,诸子争王位,其时 Antigone 之兄被杀,其叔谓其兄归叛臣贼子,不许收尸,Antigone 念兄妹之情而去收尸,其叔以其违命而活埋之。(这是暗示 Oedipus 受神罚,令其一家不安全若此)

(4)*Aias or Ajas*

描写战争时之悲剧。

(5)*Philoetale*(取材 *Iliad*)

(6)*Electia*(取材 Agamennon)

(7)*Trachineae*

此篇材料是写 Herades 英雄得来,写他与其妻之纠纷。

总上观之,Sophocles 之特色比 Aeschylus 进步。他对于希腊悲剧是有贡献的,其改良之处有三点,分述于下:

(1)打破三部曲之形式,每曲独立;

(2)以悲剧表演人类感情(不重神意)。写人类真实姿态及坚强意志;(与 Aeschylus 不同,Aeschylus 以悲剧表现神力)

(3)Aeschylus 表演时只用两个伶人,面具换来换去。Sophocles 则用三个伶人,已加多一个,同时以前用歌队十二人,而他又增加至十五人,此外以前舞台无设备而露天的,至 Sophocles 则台上加多了陈设。

3. Euripides(480B. C.)

他是 Galamis 人,其父为小贩客,其母亦为贩小菜者。他是出身于平民。Euripides 之悲剧,俟他死后方有人知注意。据说其作品共有九十二篇,而现在所知者只有十二篇,而当中以六篇为最有名。兹分录于下。

(1)*Alcestis*

其内容写王 Ademetus 因为得罪海神 Poseidon,海神有意使他夭折,命死神往索命。Ademetus 以年富力强而不愿死,商于其老父,欲以父代其死,讵料为父所拒绝,而 Ademetus 之妻名 Alcestis 甚贤淑,乃自以死挺身自任,因自刎。此时贤淑如 Alcestis 打动神意,命 Heracles 与死神战,死神败,Alcestis 遂复活。卷中写 Heracles 之任侠,Alcestis 之贤淑,Ademetus 之与父争,似更切近人生,较前又进步矣。

(2)*Medea*

写希腊英雄 Jason 奉命去找金羊毛宝贝,后得 Medea 之助而得到金羊毛。Medea 是 Cholchis 国王之女,精魔术,因此 Jason 与 Medea 结婚。后来回到本国 Jason 以 Medea 为异邦蛮族之女而厌弃之,复与 Corinth 国王之女 Creusa 结婚。Medea 怒而毒杀 Creusa 及本人所生之子。

(3) *Hippolytus*

写 Theseus 王之妻名 Phaedra(后妻),与其前妻所生之子 Hippolytus 相爱,但 Phaedra 难于启齿,旋因而积思成病,以情告之老乳母,并令其勿宣扬。讵老乳母即以此事告知 Hippolytus,于是 Hippolytus 闻而难为情,乃逃亡于外,中途因车翻身死。

(4)*Iphigenia at Aulis*

(5)*Iphigenia among The Taurians*

这两种有连带关系的,皆由 Agamennon 取材而来,Iphigenia 为 Agamennon 之女,出师时预言者谓必须以 Iphigenia 作祭祀时牺牲品,Agamennon 信以为真,使人骗她来营,说来将她嫁 Achilles。但 Iphigenia 亦自愿作祭祀品,以成大事。此时神不肯以 Iphigenia 作牺牲,以风送至 Taurians 人所住的地方,住庵中,见其地人迫害一希腊青年 Oretes(即其弟)而兄妹相会。(此时则 Agamennon 已死)

(6)*The Bache*

写希腊 Pentheus 王反对 Dionysus,不许人民崇拜酒神。后来酒神捉弄他,变一青年到其国中鼓动群众背叛之国王,如是身死。

Euripides 之悲剧共六种,他们三人的特色可简括如下:

Aeschylus——超自然的,不可抗的;

Sophocles——写自己理想之人;

Euripides——实际的人。

照上表观察,可见悲剧是进步的。

(四)悲剧之批判

关于批判悲剧的人,我们先提起 Aristotle,他的诗论中对悲剧的意见是:悲剧是一种严重有起讫的行动的模仿,而体裁为实演的而非叙述的,其作用是借悲悯、恐怖的感情使之适当地发挥出来,其要素有六种:1. 布局;2. 性格;3. 思想;4. 措辞;5. 设境;6. 歌剧。而在六个要素中把事之结构放在前(即布局)。他注重模仿动作,然据亚氏之批判,只可以代表当时希腊人对悲的意见,至今日以现代眼光看来,则又不同,希腊悲剧既是哀悯与恐怖之表现,非偶然的,是从社会政治经济方面得来的,这是值得注意之点,当时希腊表现这种情形,完全由于社会之日形不安,或竟生活受到迫害,而借悲剧以抒发其感情。因为自波希战争日多而后,希腊社会已陷入战争与恐怖的现象中,呈动摇不安之状,人民非复有昔日之歌舞升平,嬉游于光天化日之下,此时希腊人方认识了人生的苦闷、世间的困难,他们的心理,便随着时代的变化而变化,其郁结的情绪便借了祭祀酒神表演悲剧的艺术中发挥出来,以调和其矛盾的生活,希腊人的矛盾人生,一方面他们的四周都是"神""自然""神怒""运命"所包围与威胁,假如生活发生痛苦,则推于命运,而他们又是智慧的;一方面去研究哲学科学,想脱离一切运命,然而仍要受到旧社会思想的支配,便产生了他们的矛盾。

悲剧的材料,写人与人的纠纷少,穷人与神之纠纷多,可见其时尚未能脱神的境地的支配。总之,希腊悲剧虽然是表现哀悯与恐怖,但总是由社会环境所影响而来的。复次,悲剧也是写民族之先驱者,Zeus 之缚 Prometheus 可以想见,在 Prometheus Bound 中 Prometheus 代表先驱者,Zeus 代表统治者,"火"是含有智慧之意与发明能力,人类所以需要火,因为民族意识低下,有火乃能增加人类智慧,故 Zeus 不愿以火给人,以免妨害其统治地位,以至秩序之动摇。Prometheus 反抗大神,盗火与人,其行为在 Zeus 方面看来,则本来不应该,且以火与人类,促成人类智慧与自觉,是于统治者有所不利的,故大神惩罚而以铁链将他缚在高山,使大鹫来抓他。Prometheus 宁愿牺牲,不愿听人言来劝而屈服于大神。于是 Heracles 来打救 Prometheus(Heracles 为 Zeus 十三代孙),Heracles 代表新时代。在 Prometheus 之意念中以为必有一新时代产生,而另生一新的秩序,可得到新自由。后来果然 Heracles 来救他,把旧的秩序破坏,而希望新的世界建立,是希腊民族中的精神,是向前走的,然而剧中仍要写到运命。

六、喜剧(Comedy)

(一)喜剧起源①

其发生之原因与悲剧同,亦为发生于祭酒神,其发达较为迟。

Comedy 从希腊 Komos 变来,其意为村落举行秋祭时所召集大家

①此标题为整理者加。

歌舞来祭酒神，其仪式甚简单，或拿一瓶，或拿一树枝，或牵羊，而嬉笑怒骂，放纵不拘，其用意乃系因人们在平时不能少郁闷，而趁秋祭时而发泄之。喜剧起源于 Migaria 村中，后于 600B. C. 时传到雅典，最初喜剧并无多大情节，不过是离散的情景，并且动作滑稽而带粗野，后来开始用韵文。写喜剧的作家为 Susarion，其所作亦非完整，不过三四百行的词调而已。至 Epicharmus 始使喜剧传到各地，而创作成功者，却只有 Aristophanes（452B. C. —380B. C. ）一人，其作品究有多少，诸说不一，有说四十篇，有说五十篇，但我们所知道的只有十一篇，如下：

1. *Achaniaus*；

2. *Knights*；

3. *Chouds*；

4. *Wasps*；

5. *Peace*；

6. *Birds*；

7. *Lysistrata*；

8. *Women at the Festival of Demetes*；

9. *Frogs*；

10. *Eeeleaiapaaoe*；

11. *Plutus*。

第一种：

是讽刺雅典与斯巴达之内乱，注重两都市之讲和。

第二种:

写武士,攻击政治家 Tactician。

第三种:

“云”,讽刺哲学家(当时哲学家欢喜谈哲理),写少年去拜苏格拉底为师,结果少年被苏格拉底弄坏了。少年之父亲因恨而烧去苏格拉底的住屋。

第四种:

“黄蜂”,讥讽当时诉讼之事。

第五种:

“和平”,写雅典与斯巴达失和,讲和时条件上之争辩。

第六种:

“鸟”,讽刺苛税。(详后)

第七种:

提倡和平。(详后)

第八种:

立法祭日,讽刺第三悲剧家,同时批评雅典妇人。

第九种:

“青蛙”,亦为讽刺 Euripides 的。讽刺甚尖刻,其中写第一悲剧作家 Aeschylus 死后到冥土,酒神来说情,请求 Dad 放 Aeschylus 回阳,谓第二悲剧的作家 Sophocles 与第三悲剧作家之 Euripides 正在争悲剧首座,如放回 Aeschylus,则可免其争,冥王不能决定,于是乃相争吵。

第十种:

其意未明,但其内容是讽刺哲学家对社会批评的意见。

第十一种：

“富”，批评希腊当时对于富的分配。

这十一种之中，要以第六、第七为重要，兹特另分述之。

第六种“鸟”，其内容说雅典有两个市民，一名 Pisthetaerus，一名 Hopeful，因怨政府税重而逃至空中，命鸟类建城市居住，于是居中截留人供神之烟火，神派使与之交涉，卒以大神 Zeus 之女许婚而妥协。

第七种“Lysistrata”，讽刺希腊之内乱。男子多具好斗与利己之心。女子 Lysistrata 因而主谋以大多数女占据雅典城，不与男子合作。男子承认其和平条件，方与之往来，终于男性屈服，而接受女子所给予之和平条件。

(二)关于喜剧之批判

悲剧代表宗教之严肃方面，喜剧代表希腊欢笑而酩酊陶然之快乐。但其意义并不止是娱乐与消遣而已。对于希腊之政治社会之缺点，亦能加以讽刺与抗议，如现时之舆论与讽刺画一样，喜剧中负有此种任务，作家只有 Aristophanes 一人可讲，其性格是保守的，倾向贵族意味，其所写喜剧为爱和平的，而对于思想与急进的政治家，街头宣传的哲学家，并予以讽刺，可见为保守。然其所讽刺，亦出于爱国心为立场者，他以正义来观察，所写喜剧的目的，在引希腊人入于正义之途，如有人妨害其作品，以讽刺对之“这是对喜的意义”。

再检讨其作品，有谐谑、猥谈、嘲弄、揶揄、机智，其效果能使雅典人哄笑一场，至于特点，则能以一对明锐的眼光，观察其希腊人之缺点、群众之心理、两性之缺憾、野心政治家之利己主义、青年之卑劣、当时预言者与神官之欺诈行为,以至奴隶之狡狯及一般煽动者之横暴,等等,在其创作中均能以客观写出其社会相,给雅典人反省。

再考其生平时代,正是雅典黄金时代过去,当时政治社会经济正在转变,作者生于此过渡时代中,希腊哲学家正是对宗教有所不利,宗教思想已动摇,如当时称哲学家为诡辩学派,当时希腊人以其不利于宗教而排斥之,以其宣传邪说、亵渎神圣而破坏道德。(第三悲剧作家 Euripides 以其有新的人生观与社会观,而亦受到此排斥)反过来看,则当时社会情形不可不知,如从政治方面去研究,官吏贪贿,苞苴盛行,民众政治亦虚有其表,富而有权者只知自保,因而经济方面亦极穷困,社会成为混浊、战争。Aristophanes 生乎此时,以嘲笑其表面为其任务,他对于希腊一切民主政治,也是讽刺的,试就 *Knight* 一篇说来,知其乃讽刺新兴市民以皮匠致富而揽希腊政权之 Clean。按 Clean 曾把希腊政治舞台上借民主政治之名,而实行寡头专政之实的 Pericles 打倒,其手段系用炉煽动方法,但 Aristophanes 却站在武士立场来以 Clean 为对象,似亦有未妥处,足见其为保守,而偏于有资产阶级者,其对于社会认识,殊嫌未深刻,故其创作之喜剧,可以说是反对新思想的,如反对思想急进之 Socrate 及 Euripides。可见 Aristophanes 为过渡的人。

七、散文

以上所述各种,均是代表感情的,而散文则是代表理智的,其范围为哲学、历史、演说。

1. 历史家——Herodotus(记载波希战争);

2. 哲学家——Aristotle、Plato、Socrate;

3. 演说家——Demosthenes(鼓吹希腊人反抗马其顿之侵略)。

八、雕刻

希腊雕刻之特色,可据 Phidias 答语为证,他说:“天地之间,最美者为人体,富有均齐之美。”所以希腊以健美青年为雕刻对象,而从竞技中之优胜者得来,将优胜者之像雕刻下来,以表现其“力”“活动”“健康”,希腊理想中人物,以为须具备上项条件,从此可知其思想。

九、结论

(一)意义

Hellenism(希腊思潮)一词,有广、狭二义。

1. 广义的——指希腊文艺之特征,并指导希腊精神之全部;

2. 狭义的——亚历山大统治希腊后,人心为之扩达,他所到之处,必散布希腊文明之种子。他有征服世界之雄心,每到一地必开竞技会,军中人才济济,足迹所到,必栽遍希腊文明之花。东向小亚细亚及西欧各地,均受其润滋沃灌,如狭义的解释,则 Hellenism 一字,便是指亚力山大盛时之希腊文明。

(二)Hellenism 之颓衰时期

希腊文艺思潮之重心在雅典,它不能离开社会而独自存在、生长。便跟着雅典政治之盛衰而随之而变。雅典自发生内乱,社会起了重大变化,而文化亦不能不随着政治而入于衰颓之途,虽则亚历山大曾于埃及尼罗河畔筑亚历山大城建图书馆,以保全希腊文明,然而亦不过有少许文法学者及腐儒而已,并不能产生伟大的作家,亚历山大黄金时代既过去,起而为希腊主人翁者有罗马,一时过去之希腊文明,遂因而移到罗马,希腊不过只有几个短歌作家而已,从此日呈衰颓之象,便是历史上所谓黑暗时代。

(三)其他之批评

关于希腊思潮有价值之评判当推米尼,他在他的悲剧发生论 *Die Gebart des Tragedies* 其中,扼要之批评有两点:

1. Apollo 之型——代表美、理智的倾向;

2. Dionysus 之型——代表陶醉、热情、空想、梦幻。

在这种型,是人类生活需要的,因为一则代表了静的方面,如知识、义务、习惯;一则代表动的方面,如兴奋、直观、自由、爱。

英人 Frederick Robertson 批评家对于希腊文艺思潮的意见如下:

1. 不断的奋斗努力——肯定人生——现世快乐;

2. 现世主义——入世思想;

3. 美的崇拜(例如斯巴达妇人求神,愿意其子得美,不愿其得国土是。但其美之观念不同,如以刀剑为美,以医生解剖所用之小刀为不美);

4. 崇拜人的神(man God)(人与神形性皆同,而神则较为理想与优美)。

在他这见解之下,我们替他加上一项如下:

5. 能节制。

日本厨川白村对希腊文艺思潮之意见如下：

1. 灵肉合一；

2. 聪明智力；

3. 现在生活之享乐；

4. 美的宗教。

宫岛新三郎对希腊文艺思潮之意见：

1. 现世主义；

2. 顾重人类；

3. 肉的倾向；

4. 本能满足；

5. 自律；

6. 自主；

7. 艺术的意识；

8. 科学的精神；

9. 注重智识；

10. 客观；

11. 利己。

第三讲　希伯来文艺思潮 Hebraism

一、希伯来民族(Hebrew)

讲到希伯来民族,且先把他的领域先说一下,如图

上图即为希伯来民族领域，而以两河流域地带为肥沃，其中尤以半月形为最，称半月形草地(Fertile Crescent)。在地中海东南岸一城名 Terusalem，为希伯来从前住的地方，现名 Palestine，其位置在半月形西端，由海与沙漠夹成中之一块土地，此族人在历史上来源甚古，为古代游牧民族，住处无定所，后来才到 Palestine。按此时以前为 Canaanite(加南人)所住。希伯来人本来无文化，到此后方接受 Canaanite 人之文化(如工商业、宗教、文字)，其风俗习惯亦与加南人同化。

希伯来人之生活式样，可分为两种：

1. 居北部，农业——居住有定所；

2. 居南部，游牧生活——居住无定所。

依照其生活式样看来，可见希伯来人不易于团结，所以易受压迫，而为附近民族所侵略，故在历史上曾受过 Philistine 族人所侵，希伯来因而非常苦恼。南部中民族英雄 Saul 曾一度与 Philistine 人抗战，以负伤自杀。其部下 David 亦为民族英雄，曾占领过 Jerusalem。统一北部地方，其时曾繁荣过。至 David 之子 Solomon 时于 Jerusalem 营宫室，奖励商业，以求富裕之道。(993B. C.)然自 Solomon 死后，即发生内讧，南北裂为二部，分成两个王国，以南北二部生样式为其天然领域，北部名 Isreal，都 Samaria；南部名 Judah，都 Jerusalem。然二部生活迥异，北部除首都尚有其他大都市，南部则惟有一个 Jerusalem 而已，故北部富而南部贫，后来到了 720B. C. ，北方 Isreal 被亚细尼亚所并，586B. C. ，Judah 亦为巴比伦所征服，此后希伯来便失去了独立的国家而成为被虐待的民族，度其悲苦命运。

二、希伯来民族性

其民族性可分为各点:

①与东方其他民族性同,重感情、热血、严酷,但因其感情与热血之故,常易趋走极端,有时极端勇敢,而有时却又极端绝望,此外尤富于虔敬之心,英人 W. H. Hudson 曾盛称希伯来人之热诚虔敬而重爱,不过其中仍有恶毒之人;

②种族之自我主义,自骄,以为本族人为上帝之选民;

③信奉耶和华,他们以为上帝永远活着,是具体的实在。

三、宗教生活

希伯来人生活式样分歧,因之所信仰宗教亦不一致,他们从来相信之神名耶和华(Jehovah),此神为希伯来民族中所固有者。Jehovah 一字从阿拉伯语 Hava 发音来,其意为吹(风),由此变为暴风之神,此语于希伯来语中亦有之,不过其意为破坏者,同时希伯来人亦有读 Haja 者,其意为创造与存在,而 Jehovah 一字亦有此意,希伯来人自与加南人居后,由游牧生活而变为都市生活,因经济情形而变其思想。加南人之神名 Boal(主),希伯来人居城市者,多与加南人同化而信主,然有仍信耶和华者,大概 Boal 为富有阶级之保护神,使之走入奢华而压迫穷人;耶和华则为保护游牧阶级之朴素者,因而两种神之信仰者,成功为思想上之斗争。

希伯来——南方住居都市者——信主

朴素游牧民族——信耶和华

当希伯来分离后经济上受了经略，而信仰发生动摇，他们以为耶和华亦靠不着，此时预言者谓对耶和华不该怀疑，耶和华非常信仰不可，希伯来人对之信仰不坚定者，所以受到别族的侵略，这是神之所以要惩戒者。若其生活较好，更该要坚定其信仰的，因之巴比伦灭犹太后，犹太人变为俘虏，如是虔诚信仰神，禁欲、克己、罪恶的思想。后来巴比伦为波斯所灭，犹太人才脱离巴比伦人之束缚，而回到故乡，回复自由，而宗教思想因而更坚定。458B. C.，在宗教上有了新的建设，把摩西五书增补，不仅是宗教的经典，同时变为希伯来人的法律，且此时波斯承认犹太人自己筑城居住，一切得到自由，此时之犹太教乃正式成立。

犹太教有广义、狭义之分：

广义的——指希伯来民族犹太教的宗教。（即摩西宗教）

狭义的——指犹太人被巴比伦侵略后之宗教。犹太教之经典为《旧约》，可区别为三部分：①法律；②文学；③预言。三部共三十九卷，此即为希伯来之文学，在当初系用希伯来文字写成的，后来翻译成希腊文。

三十九卷之区别如次：

1. 法律——共五卷：

《创世纪》《出埃及记》《利未记》《民数记略》《申命记》

2. 文学——共十三卷：

《诗篇》《箴言》《约伯记》《雅歌》《路德记》《取利米哀歌》《传道

书》《以斯帖记》《但以理书》《以斯拉记》《尼希米记》《历代志上》《历代志下》

3. 预言——共廿一卷:

《约春书亚》《士师记》《撒母耳记》(上/下)《列王记》(上/下)《以赛亚》《耶利米书》《以亚结书》《何亚阿书》《约珥书》《阿摩司书》《俄巴底亚书》《约拿书》《那鸿书》《哈巴答书》《亚香雅书》《哈该书》《撒文迦利亚书》《玛拉基》《强迦书》

四、基督教

基督教的前身便是犹太教,不过基督教却把犹太教来普遍化、民众化而已,所以基督教对犹太教是服从的而不是反抗的。(后来耶稣被钉死,实在是因为犹太教太腐败之故)自耶稣生至现在一千多年中成为欧洲文明之一大原因,而全世界信仰基督教的人,占全球人数四分之一,他何以能够这样,是值得研究的。

在耶稣未降生以前,Jerusalem 与 Samaria 皆在罗马人残酷政治统治下过活,他们在此水深火热中,受尽苛税与虐待的痛苦,而犹太人中更有压迫本族人以取媚于罗马人的。其时宗教只有形式存在,祭司只知要钱,在此情形下,宗教似乎应该改革,且当时罗马帝 Augustus 在位,残暴更甚,犹太人乃至苦不堪言。

耶稣生于纪元前 4 年 12 月 25 日,生于 Palestine 之 Galilee 市之 Nazareth 村中,《马太传》中述其母马利因受灵感而有孕,其早年生活,书中并无详细记载,《路加传》中说他很有天才,十二岁时随其母至耶路撒冷,十三岁至三十三岁,亦无详细记载。不过知道他十九岁始传教,三十三岁被钉死。至于其宗教,亦未成为有系统的哲理,其教义为断片的、单纯的。思想方面亦甚浅薄而不深刻,然而虽属于浅薄,但当时一般人处在混乱的社会与腐败的犹太教中,正需要此浅薄而通俗之教义,以求易于普遍。所以它的产生实在是与当时的政治社会有密切的关系,简单的说,基督教义,有所谓"三位一体说",即天父、基督、神灵。他们顾重爱、神国、罪恶观、禁欲。所谓爱,可以说是爱的宗教,为人对人之爱、人对神之爱,为四海同胞的平等的博爱主义。所谓神国,为出世的来生观念。所谓罪恶观,是认为人类皆有罪恶,成为灵肉矛盾之二元论,而不能调和。至于禁欲,其意谓假使人去绝欲望,即无罪恶,所以要禁欲,以入朴素与清净的生活,一切也认为非必要的,国家也被认为增加邪谣,宣改为世界的、人类的,这是基督教的国家观。他们把现世生活,为未来世界的准备。其时因无力反抗,故正需要这样的教义,借以安慰其苦闷的现实生活,人们即以此为唯一安慰。

基督教之经典为《新约》,其卷名分述于下:

《马太传》《马可》《路加》《约翰》(四福音书)《使徒行传》《罗马人书》《哥哥林(前)(后)书》《加拉太书》《以弗所书》《腓立比书》《歌罗亚书》《帖撒罗尼迦(前)(后)书》《提摩太书》《提多书》《腓利门书》《希伯来书》《雅各书》《彼得(前)(后)书》《约翰一二三书》《犹太录》《启示录》

五、《旧约》之文学的研究

以文学方面观《旧约》,则它在文学上也有很高的价值,现在文学家尚多以《旧约》为文学小说之材料,所以《旧约》仿佛与希腊神话之价值,同为文学的宝库。我们把它当作文学来看,同时也要明白它的环境,在希伯来社会情形下,自然会使他们成功为宗教的信念,因而文学亦成功为宗教的文学,尤其是思想更带有浓厚的宗教成分,比别的民族来得丰富。看《旧约》这书,如其把它当作神学、宗教学固可,而以它当作历史、文学,亦无不可,我们以研究文学立场来研究《旧约》,当然无疑地把它当作文学来看。然而不能看出他的系统。以文体上去看,其中以记事文占多数,而文字平浅直接简朴是其长处。其叙事文以叙述民族发展占大部分。大概普通凡是初期民族,只要他们能够自觉以后,便搜集其先民史迹,如战史及民族发达中之大事件,乃至英雄之行为等,以为纪录,希伯来民族亦不能例外;且其自觉性更较其他民族为丰富,其在旧约中叙事文内叙述许多民族发展史,而尤顾重伟大人物之言行录,而故事传述亦极丰富,其传奇风味或将超过希腊,所以称其为故事的文学亦可。总括说来,《旧约》中包括之文学领域,第一可以说是民族发展史,第二可以说是英雄伟人言行录,第三可以说是故事的文学。

在《旧约》中《创世纪》十二章至二十四章,其中有亚伯拉罕的记载,就其时代文学标准来看,的确是不错的。

二十七—三十七—四十七《雅各》的,也写得不错,此外《民数记》二十二到二十四写巴兰故事(创世记之前为民族的神话)。《撒母记》亦为重要部分,它是记希伯来人之吃苦耐劳的。

《旧约》中含有对话夹在文中的直叙内,所以叙述人物极生动,如《撒母记》上卷十七章三十二节以下,我们可见大卫的对话而明了民族英雄。除对话而外,尚有演说辞,可以见他们的民族先起者之高尚人格,而尤以摩西之演说辞为最好的部分,的确能使我们感动。《申命记》中第五章、《创世记》四十九章、《约书亚记》二十三卷中均有他的演说辞记载,甚至于贤明者的遗嘱,如摩西、雅各、约书亚、沙摹儿等均有,从中可看出他们坚苦的精神。

再从其韵语诗的方便去看,我们应该感到有不满足处,因为在《旧约》中找不到史诗人如希腊之 Homer 与 Hesiod 等的叙事诗人,不过混合体的史诗尚有一部分,所谓混合,是于散文中叙述到情绪热烈之处便转为韵文,这可以参阅《民数记》二十二章以下。可称为混合体的史诗,其所写即为巴兰故事。

至于抒情诗则比叙事诗丰富得多,他们是发生于错杂之情感而表现一种忏悔、希望、绝望、忧闷、怀疑、信仰、坚决情绪、爱神,不过用现代眼来,不免要有些不能满足之处,因其修词方面,好用譬喻而不适当,所以大多数令人看不下去,例如他们常把两样不平衡的东西,也用来相互比拟,如以牡羊跳跃比大山,以幼稚羊群比小冈,这都是失当的,其用意仍不失其脱离其游牧民族生活。不过其中有一部是值得赞美的,如《雅歌》中纯为抒情而优美,因为里面发抒恋爱的情感,《雅歌》写恋爱之处写到性爱。此外还有一个特点,便是描写自然,希伯来人为农业与游牧的民族,与自然界常接近,对于四时之变迁,所受之影响甚深,因之描写自然的诗极好,但他们与普通之描写自然不同,他们如英田园诗人 Wordsworth 所直接描写之自然风景不同,他们并不是直接歌咏自然之美,而是从自然界去引起他们的情绪,这当然也是不能脱离上帝,他们以为上帝是在自然界之外的;在《诗篇》六十五章与一〇四篇可见。

上述而上,尚有两个特色,再分述一下:

1. 教训文学

这是属于哲学方便的,是他们人生的观察与思辨。但其中仍少系统,因为缺乏连续的思想能力之故,即是说他们不能把观念用秩序排列,而是零碎的。在教训文学中不过杂记箴言而已。其中所用的警句可以看看,传道中亦有记载。

2. 先知文学

即为《旧约》中之先知者对神之信仰,同时先知者传述神意,用指摘的态度来指摘他们民族的罪恶,同时也指摘别的民族,看以《西结》第二章可知。

还有一种故事也可以注意,其中有喻意(寓言),如《耶利米》十三章中。

六、新约

《新约》中值得注意的为四福音书,其中描写耶稣之人格、思想,而《新约》中之风格与《旧约》大体相同,惟有一部分记载方法略异,如保罗的书，便脱离了《旧约》之风格，且包含精神思想、修辞亦丰富。《新约》为希腊文字写成的，大概是纪元一世所通用的白话，耶稣教义之所以容易普及于中下阶级，这也是一个原因。

七、结论

讲到希伯来文艺思潮，要以《旧约》为基础，他们的精神，确是值得佩服的，如忍耐、受难、坚决，都是希伯来民族所特有的，因为他们是弱者，他们是受异族所虐待与压迫的，他们没有反抗压迫者的能力，而只有忍耐，基督教之所以传到世界，也就是他们坚忍的结果，现在以具体的例来说明他，如波兰 Henrik Sienkiewicy（1846—1917）所著之长篇小说《你往何处去》（拉丁原名 *Que Vadis*），他在第十一章中描写罗马之暴君 Nero 虐待教徒，有声有色，写暴君放火烧屋以助诗兴，结果造谣说是基督教徒纵火而捕杀之，基督教徒在此时只有“希望上帝来统治”，他们口中所说的是“为了基督”“为了基督”，这话包含有政治、经济、社会的意义，同时可以见他们的懦弱，第十三章中描写基督教徒被罗马所杀戮，罗马人命令他们自负十字架赴刑场，先以十字架插地上，然后将他们钉死于架上，竖着成林一般。但希伯来人却不号呼求怜，其态度极值得注意。第二十章中写到书名的意义，当时保罗与纳塞负责在罗马传教，白日不敢公开传述，只好晚上在山洞中传教，后来连晚间也不能了，保罗遂有意放弃罗马，晨起行于山中，见耶稣从日光走来，耳中似闻耶稣询问“你到哪里去”的细微而温和的音声，其实是保罗自己之灵感，是他自己问耶稣的话，耶稣答谓你们将弃了我的人民,我将再到罗马让他们再钉一次,保罗问耶稣这话,因而受激动,马上又在罗马传教,终于以身传教。在此长篇小说之中,可以见希伯来人之受苦受难而肯牺牲,由他们的忍耐与苦闷的生活,可以看见希伯来的文学是受苦受难的文学,与希腊相较是相反的。由此便可以证明文艺思潮,实在是与社会环境有极大关系的。

关于希伯来文艺思潮,据厨川白村的观点,他把它分成为灵的、禁欲的、知神、绝对服从、教权主义、宗教的、天国,以神为本位、利他主义、超自然主义、道德的、信仰的、独断的、主观的倾向。他的观点以为希伯来此种性格,为先天所赋予的,与我们以其为受恶劣环境之强暴压迫而欲逃避现实之处不同。

宫岛新三郎的观察希伯来,与厨川白村大同小异,他以为希伯来思潮为未来主义,重神明、灵的倾向、禁欲主义、理想主义、主观的、四海同胞的。

根据上述,可见他们都是用抽象名词,而主张人性为先天的,从人性二元论来的,有时利己,有时利他,有时有神性,有时却变为兽性,他们主张人性二元论,为人生所不能缺少的,同时也是领导人们的生活的,其终极目的相同,无非是完全人的生活而相互调剂,他们二元论的主张,其来源是受了英女诗人(其名 Mis Browning)与挪威易卜生之影响。(Mis Browning 之作品 *The Dead Pen* 与易卜生作品 *Emperor and Galilean*)

第四讲　中古期文艺思潮

一、概论

(一)时代之划分

中古时代之划分,普通有两种:一,以 476—1453;二,以 410—1453。然 476 与 410 不过期间之长短,无重大关系。最重要的为 1453,但两种划分均相同,因为此后即为文艺复兴期之故,然在中古之中,尚可分为三个阶段:

1. 前期,5 世纪至 9 世纪——黑暗时代;

2. 中期,10 世纪至 12 世纪;

3. 后期,13 世纪至 15 世纪。

其区别之标准,以中古文学之发展为区别。

(二)民族转移

在中古民族之转移,可分为三种:

1. 日耳曼民族(Germans)住来因河东、多恼河北,此种民族之特

性为勇敢、强悍,因其所居为斯坎的亚维亚半岛及德森林地带之故;

2. 沙拉森民族(Saracens)为东方民族,散布于亚拉伯半岛沙漠地带,故又称为沙漠之子,此族人之特性喜欢讴歌、歌咏,很富于感情,因其所居之地常与日光接触而易发生兴趣,同时他们也喜欢空想;

3. 喏曼人(Normance)本为日耳曼之支派,居欧洲东北部之沿海地带,如丹麦,此族人性格大体与日耳曼人相同,不过其生活以渔猎为主,所以冒险精神极丰富,其人民有以渔盗为生者。

(三)语言文字

此时文字仍以罗马为主,但罗马衰微以后,即受日耳曼人之经略,因而罗马语言文字与民族语言混合,而产了一种特殊语言,此种语言称为 Romance 语,在当时甚普遍,后来意大利、法、西等国语言,均由此分化得来,所以当时文学从 Romance 产生出来的。

二、封建制度

如用社会学立场去研究文艺思潮,承认文艺思潮为社会现象之一,则不能不详细考查其社会情形与经济情况,所以研究中古文艺思潮,在此须先介绍他的社会一般。先明他的社会背景与经济情形。兹以简明方法先把中古时期的欧洲封建制度之来源及产生的原因,用图说明如下,以便研究中古时之社会环境。

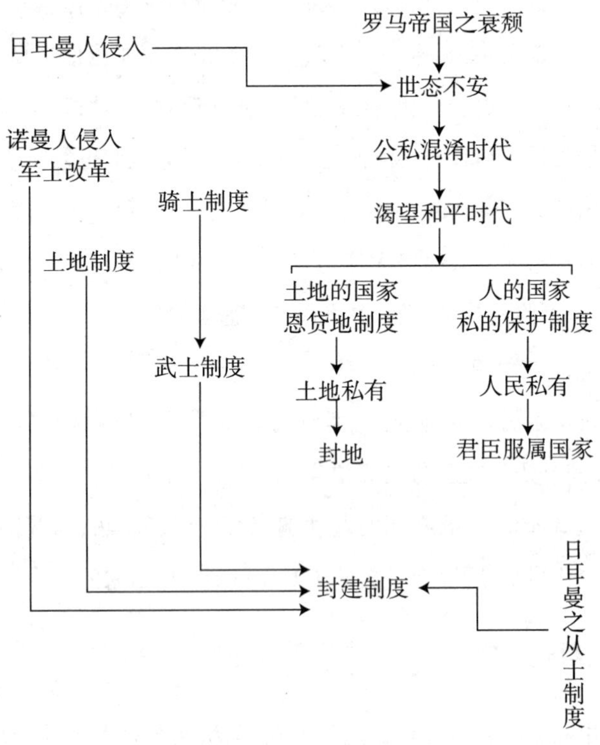

罗马分东西帝国，西罗马帝国受经略，一方面由于内部之腐败（如图中部），一方面为外来的（如图外面）。罗马社会之中等阶级溃灭，农民苦困，造成世态不安，因之产生公私混淆时代，所谓公私即公权与私权，罗马帝国衰落，中央权力不能及于各地，即中央权（公权）不能统御其庞大之领土，因而公权旁落，而个人权力（私权）即膨涨，其时人民之权利，不能靠中央权力来保护，只有倚靠强有力之个人（即大地主及吏役）。大地主及吏役乘机扩大其势力来保护人民，而其实则为剥削,在此公私混淆,而产生一种奇特的结果,便是大地主之权力,可以支配税则、兵役、裁判、宗教等之特权,而人民此时只有渴望安定而彷徨,因而封建之产生,成为一时之需要,而发生土地之关系与人民之关系,因为一般农民以生命财产之缺乏保障,且以租税奇重,自愿以其田地送与大地主,以受其保护,而在大地主手中领其田地来耕种,而起了恩贷地制度,土地因以集中,成为土地私有,此后农民与大地主之关系日深,罗马皇不得已而以其地封与大地主以为采邑,成为封地之起源,而成功诸侯与君主之关系,在外面更加入日耳曼民族之武士阶级,而封建制度日以牢固。

武士阶级分三个时期,第一个时期为初期即 page,十四岁以前。第二期 Squire,训练武士技术。第三期 Knight,此时政府已授职。其训练最重要自小时令其习见一般残酷屠杀行为,养成残杀习惯。11 世纪至 13 世纪为武士全盛时期,在作品中可以找到,他们的生活环境,这时期中之典型人物,为当时武士之代表者为 Richard The Lion-hearted,他是英王亨利二世之子,生于 1157,其生平曾参与十字军之役,其勇力能用手抓狮心,故又称之为狮心王,其东征时遭法王所嫉,法王乃于中途引退,他曾到圣地,后以其弟勾结法王欲谋篡窃而退兵故失败,经过奥国时,为奥所执,施以金钱行贿得脱,因为复仇而与其弟战受弩而伤,1199 年死。他之勇敢可为当时武士之代表。十字军七次夺圣地不成功,日耳曼武士以森林生活本不适于沙漠生活,沙拉森民族武士战时轻装,日耳曼武士战时必重甲,所以地域环境变换,日耳曼武士遂无用武之地。

武士之道德观也很特殊而值得注意的，他们的道德意识与他们的生活有关系，大概总括说来有几种：1. 勇敢；2. 信神；3. 扶弱锄强；4. 崇拜女人；5. 重名誉。武士勇敢不畏死，但教会教士以地狱之可怕说之，结果他们信“神”。而他们之扶弱锄强，事实上尚有问题，因为他们不能生产，所衣所食惟仰给于农民，故以此安慰农民之心，农民也把他们看作神圣，而供奉惟恐不周，其实他们是否扶弱锄强不敢断定，或者有时他们也会骚扰农村的。武士日居无所事，以妇女为享乐，所以也很崇拜女人。Scott 描写武士对女人之鞠躬尽瘁，不为无据。武士因为重名誉，稍不如意，必起斗争，当时封建社会之中心为武士，无武士则贵族之割据地位发生动摇，而不能牢固其割据地位。

上表中对于武士之制度已经说过，而对于中古封建制度之衰落，尚付缺如，现在我们要补充这点，即是说十字军之役，为封建制度衰落之主因。原来十字军之起因，是因为沙拉森之回教徒占领耶路撒冷圣地，欧洲基督教徒由欧洲到圣地巡礼，而受到回教徒的迫害，乃于 1096 年组十字军东征，欲夺回圣地。照这样看来，此次战争似为宗教的纯情，其实事实并不如此，因为当时诸侯各具野心，欲借此次远征扩充领土；在武士方面，自然也是想求功名富贵，其他下层阶级如工商农，也想借此机会变换其生活样式。所以十字军之起因，确是很复杂的。封建制度之没落，何以有关于十字军之役，其原因有二：

1. 这次失败，诸侯及武士，可以说是自己暴露其弱点。当时一般民众，知道诸侯与武士之能力不过如此，并无若何本领。于是，对诸侯与武士之信仰根本发生动摇。同时教会也同样地暴露了教会内部的腐败。原来以前人民未知教会内容,以为教会是纯善的,经十字军而后,民众与教会内部接触,方知其内容腐败不堪,始悟前此以血汗所换来的金钱与教会,徒供教徒之娱乐浪费,因而宗教信仰亦发生动摇。当时欧洲社会一切,均为教会与武士所支配,自此而后,武士与教会均自暴露其缺点,则社会一切,当然无能力再维持。至于经济方面,也足以造成教会与武士之没落,当时西欧远征,需饷甚大,非有充分经济之准备不可,故其军用,赖市民负担,因而市民地位提高,以前一般市民为贵族武士之贱民,而现时以生产能力,提高了他们的地位而抬过头来,回复其自由市民地位。

2. 新的生活的意欲之发生。自西欧在封建制度下人民受了种种束缚,到十字军之后,民众始知东方尚有新的世界。平日教士所诅咒、所宣传的罪恶渊薮的东方,到这时才知道以前系被教士所骗。因为基督教与回教,彼此因宗教上之不同而互相排斥,互相攻讦,基督教士有诋回教徒为阿拉伯狗者,并希望武士以杀阿拉伯狗为职责,其互相倾轧,于此可见。昔日西欧人民未与东方接触,故相信教士之宣传,此后他们感到东方民族生活之健全,不由得他们不艳羡。然而东方民族何以有此健全生活,其主要原因,为阿拉伯商人之商队,因贩运货物而足迹遍世界,因而富有世界的智识,文化有了相当的进展,如数学、天文学、化学、工业,诸如此类,阿拉伯人对世界实有所贡献,而此时西欧人民,则正与此相反,只知道在教会压迫下过其瞑想求生之生活,而不知其他,可见阿拉伯人是凭经验的,西欧人民是形而上的、玄灵的,一接触到东方民族的生活,自然要令他们触目惊心。结果,逐渐脱离教会与武力的支配,竟达到他们的目的。当时欧洲自由都市之兴起,即为其新生活意识兴起之实现。亦可说是封建制度衰落之结果。

三、表现骑士风度文学

在此时期中有一种很流行之叙事诗 The popular epic(民间史诗)。为歌颂武士的诗,所以又名为 Chason de Geste(武勋之歌)。初期形式极幼稚,目的在把武士精神大众化、普遍化。内容为妖异、奇迹、Miracle、争斗、饮酒、妇人、复仇。这种材料与中古民众意识有关,而系由他们环境得来的。因为当时大乱,人类痛苦而无出路,惟依赖上天,希望有妖异、奇迹、武士来帮助他们,武士之特点,善复仇及受妇人崇拜等。但结果属空想,如是乃从文学方面表现出来,因时代潮流而扩大其范围,其流传的诗是社会传讽的,作者姓名均不可考。这种史诗之代表作可提出多种,如 *Golden Field*。其内容照现代眼光看来,当然不少荒谬,但以当时之历史眼光看来,则不无价值,现在分开来讲。

(一)代表日耳曼民族武士风度者

其史诗长成时为 11 世纪,名 *Nibelungenlied*,其篇幅共二四四四节,九七七六行,诗中有许多人名,先把它介绍出来:

1. Worms 城 Rhine 耳畔——城主名 Gunther;

2. 国名——Bungumdiam;

3. Gunther 之妹名——Kriemhild;

4. 城主另有二弟,一名 Gernot 一名 Giselhes;

5. 他们的母亲名——Ute。

这诗主要人物为城主 Gunther 与其妹 Kriemhild。诗之开始写 Kriemhild 梦所养驯鹰为恶鹫所抓,其母谓驯鹰即武士,系其未来夫婿,猛鹫即恶人,假如异日夫婿上天不能保护时,恐被恶人谋杀,Kriemhild 谨记在心。其时有 Siegfried 者,为 Netherland 国国王。Siegfried 为一漂亮而英勇的武士,并为不死之身(奇迹),所以刀剑不能入,因为他曾屠龙,将龙血洗身,惟洗时背上一小块为树叶所遮蔽,以至龙血未洗到,因而背上尚有一小块可入刀剑。他又征服过妖怪族名 Nibelungen 者,取得了奇异宝贝,其中有一种隐身衣,可以隐藏身体的。他尚未娶妻,闻 Kriemhild 美而亲到 Burgundian 求婚,他本是中古一个理想的武士,所以 Kriemhild 见其英武而有许婚之意,而同时又有 Danes 与 Saxons 来经略 Gunther 之国土,得 Siegfried 之力帮助,婚事因之更无问题。此时 Gunther 亦未结婚,而得 Queen of Iceland 之 Brunhild 为其兄之妻,但 Brunhild 甚勇武,曾有言谁能武力胜过她时,她便嫁与其为妻,Gunther 自然非她之敌手,结果 Gunther 求 Siegfried 穿隐身暗助,投大石、长枪,均胜利,然而此中已有欺骗行为在内。Brunhild 虽不看上 Gunther,然以有言在前,不能不履行,两对新婚夫妇举行婚礼,洞房花烛时,Brunhild 谋再试 Gunther 之武艺,Gunther 不敌而被缚,次晚求 Siegfried 助方得到如意,Brunhild 不知其情,以为昨夜乃其夫婿谦让之结果,故相安无事。但 Siegfried 于与 Brunhild 斗时曾暗中偷其指环及衣带,回家即交与其妻 Kriemhild,祸即从此起。先是 Brunhild 与 Kriemhild 以争祭祀仪式秩序，而 Brunhild 以城主妇自居，以臣属视 Kriemhild，Kriemhild 不服，暴露其洞房之夜的事，讵知 Brunhild 闻言而因羞成怒，欲杀 Siegfried 以报仇，谋于其臣 Hagen。Hagen 探知 Siegfried 之背有如掌大之处可以入刀剑，邀他出外打猎，俟 Siegfried 因口渴下河曲腰取水时，以枪穿其背，Siegfried 遂身死，Hagen 以出猎遇盗报。Kriemhild 因为自己文弱无能力报仇，虽明知其情而只有暂时忍耐，后嫁与匈牙利王 Etzel，欲借其力图报复。过二十五年后与其臣武士 Dietrich 商量杀其兄嫂事，Dietrich 只承认助其杀嫂而不允助其杀兄。俟请其兄嫂赴宴时，Kriemhild 却把兄嫂及 Hagen 一并杀死，然而 Dietrich 以其负约而杀 Kriemhild。

此诗分为两部分，一则叙 Siegfried 之被杀，一则叙 Gunther 夫妇之被杀。其内容代表武士度，日耳曼民族之尚武、内讧、杀人、复仇、坚忍、彻底。Siegfried 之被杀，亦有因果于其中，他不该欺骗女性，可见武士虽勇敢，亦须有道德。Kriemhild 杀其兄而 Dietrich 又杀了 Kriemhild，均有循环之报应在，富有宗教成分，不过此时尚微弱而已。

（二）代表条顿民族风度者

Beowulf（蜂狼）这名词在文学上甚普通，欧美学校采用为补充课本，用重述方法把它的精神一部分保存，用自己的文字去重述，以中古传说为材料。这是一篇长三一八三行的叙事诗，其成功年代，诸说不一，有以为是6 世纪至8 世纪的，有以为是5 世纪至6 世纪的，更有以为决是5 世纪的，由此可见其非一人所作，而系民族性的，它是条顿民族之共同产物。

诗之内容是神怪的,所含之义意甚深,是描写丹麦王 Hierotheus 喜大兴土木,造大宫殿,常于殿中宴外来武士,殿之附近有一大湖,湖中有怪物名 Grendel,当国王宴罢武士,武士夜居殿中,为怪物所杀害,国王无力除害。Gothland 地方来一武士名 Beowulf,他受王命到丹麦,知有此怪物,夜宿宫中而与之格斗,追入湖,斩其臂。后来 Beowulf 回到本国去,其国国王 Hygelac 出征战死,他替王复仇,败敌人,并治理 Gothland,此时国内有一条恶龙,却被那 Beowulf 所杀。以上为此诗内容之梗概,其他枝节不能尽述。

在此诗中可以表现条顿民族之性格,Beowulf 说过:"Death is better than a life of shame。"此外尚有与此相类之话甚多,其中含有不受运命支配之精神。仔细把它分析,Beowulf 代表刚强、沉毅、不挠不屈;湖中怪物代表不可抗力与运命;Beowulf 能与妖怪毒龙格斗,意即含有刚强与沉毅可以反抗运命。

此诗之特点有三:

1. Beowulf 之除暴,把妨害民族安全的妖怪来杀掉——是关于民族方面的,代表自由与正义;

2. Beowulf 一生之气节与勇敢及责任心,是代伟大道德之力量——关于个人方面的;

3. 诗中描写 Beowulf 完全注重事实,所以是事实之描写,少夸大的词句,也可以看出条顿民族是注重实在。

总之,诗之对于古代条顿民族之性格之描写是成功的,从诗所得到的是严肃、雄劲、坚强意志,此种民族性对英后来之影响甚大。

英国尚有一种史诗名 King Arthur,此诗系统中包含许多部分,为方便起见列成系统,Arthur 在英国历史上并无其人,不过是传说中之理想人物而已,他共养有武士一百三十人之多,均系有奇迹的。King Arthur 与他们同住在 Camelot 城堡中,甚亲密,常聚集于圆桌上商议国大事,乃至饮食谈话等均在圆桌上,故又称其所养武士为圆桌武士(Round Table Kinght)。其中传说最多而较为重要者为 Lancelot,他的生平确是可歌可泣的,诗中描写他与 Elaine 之处,他自小已经有奇迹,据说其父自战死后,其母携之逃亡,至中途 Lancelot 为女妖抢去,其母因而入修道院为尼。Lancelot 十余岁时至 King Arthur 处为武士。其时 King Arthur 有妃名 Guenves,她对 Lancelot 极好的,有倾慕之情,然而事实上是做不到的,因为如其与 Guenves 发生关系,则对王不忠实,以至苦闷之至,这是很合人情心理的。Lancelot 因此常离开 Camelot 城,此时王妃 Guenves 忽为人所掳,Lancelot 驰车往救,王妃责以武士不应该乘车,因为中古骑士制度武士不能乘车的。Lancelot 从此更感到苦闷,决意离开 Camelot 城而另至 Astolat 城,认识了女子名 Elaine 者,但他的心仍然是爱王妃 Guenves,不过与 Elaine 相交,是解闷而已。他常至 Camelot 城比武,当时比武用面罩的,所以人们不知他是 Lancelot,他便借此常探望王妃。Elaine 知道 Lancelot 并无真心爱她,忧郁而死。时 Lancelot 已离开 Astolat 而到 Camelot,Elaine 之父照她的遗言用船满装百合花与蔷薇花,放尸体于船中运到 Camelot。Lancelot 知其情,只有徒增悲哀而已。Lancelot 与 Guenves 之爱情虽未断,然而以王健在,未能达其最后目的。不久王死,王妃不愿背德,遂入修道院为尼,以免为情所累。而 Lancelot 亦入修道院为修道士。其结果如此而已。

这诗本是结构幼稚的,然而能描写热烈之爱情,已具备了 Romance 的风格,与以前所讲的 Nibelungen 不同了。所以有人疑此诗为后人改过的。诗人 Tennyson 有诗 *The Lady of Shalot* 来歌咏 Elaine 运尸事。又有史诗 *Idylls of the King*(《帝王之牧歌》)咏 King Arthur 事。

除此诗而外,还有一部好的,也是属于 King Arthur 系统内的,其描写也极用力。诗中描写 Tristam 与女子名 Isolate 相爱之事,这故事所描写是情感的、恋爱的幸福、嫉妒、别离、死,其内容大概写 Tristam 亦为 King Arthur 之武士,他的伯父命他到爱尔兰替自己迎娶,其伯父与新妇本不相识,而又不暇去亲迎,所以派他去接新妇,此女子即 Isolate,当离家时,其母以魔酒交与侍女,嘱其于洞房花烛时献与新婚夫妇饮。原来中古的传说,魔酒能增人之爱情,但魔酒效力过去,则爱情亦必消沉。女侍一时大意,于船中将酒放在桌上,Tristam 与 Isolate 不知其为魔酒而饮了,饮后即于船中发生关系,但回去何以对其伯父,乃欲以侍女冒充,然事败不成,其伯父仍以 Isolate 为妻,而 Tristam 与 Isolate 亦常幽会,终以防护之严,与奸臣侦查之周,虽欲偕逃亦不可能。诗中描写他们两人之悲欢离合处甚多,我们举其一二较有价值的来讲:有一次 Tristam 正与 Isolate 夜间在花园会约,有人报知王,王自带弓矢入园,攀登树上以观其动静,树影映在池中,遂被 Tristam 与 Isolate 所见,乃诈说有奸人欲害他们,他们实在是忠心的等话,故意使王在树上听闻,果然王在树上闻言即下来,且不加害。又一次

Tristam 与 Isolate 偕逃至森林中居住，王又亲去找寻，这时 Tristam 刚出外，Isolate 一人睡于茅屋中，王见其美而不忍加害，脱手甲置于其侧而去，Isolate 醒后见手甲，知为王来。后来魔酒效力消失，Isolate 仍回宫 Tristam 逃至别地，另爱上了一位女子，后来病危，嘱其爱人以船迎 Isolate 来见一面，并吩咐如其肯来则船挂白帆，但船夫忘记了，其后 Isolate 虽来，而船夫挂上黑帆，Isolate 未到而 Tristam 已死。

（三）代表拉丁民族风度者

此时还有一个诗的系统是代表拉丁民族的，此系统名 King Charlemangne，其中许多都是民间流行的。Charlemagne 是历史上赫赫有名的，但其中故事，则未尽可靠。Charlemangne 养有许多骑士，他是帮助基督教最得力的，与异教（回教）打过几次仗，其中所养的武士以十二人为有名，而尤以 Roland、Olives、Aymon、Ogies 与 Renaud 五人为最，在史诗上常常提到他们的武功。现在以 Roland 作代表，在法国文学史上，*Ghanson de Roland* 是有名的，于 11 世纪时出现，而经过多次的修改，共四〇〇〇行。其内容是以 Roland 为理想的英雄而讴歌他，他小时也有奇迹而且勇敢。诗中以描写他战死之英武气概为最好。诗之背景是用沙拉森沿非洲入西班牙后，西班牙助沙拉森民族，Charlemangne 为基督教而征伐西班牙。先是 Charlemangne 有奸臣名 Karalen 通敌，与西班牙定计诈降，借入贡为名，欲以诱杀 Roland，因为西班牙甚怕 Roland 之勇，早欲除此心腹之患，Charlemangne 不知其诈，命 Roland 至西班牙境受方物，至则被西班牙军所包围，因而血战，部下劝其鸣号角乞救兵，Roland 自恃其勇而不从，终于战死，其中插入一段:Karalena 之子出战,Karalena 令其穿西班牙武士服装,在混战中使西班牙军得分别,但他与 Roland 相遇,Roland 责以大义,他遂被感动而与西班牙军战,结果亦阵亡。起初 Roland 见事变,即有人告以为 Karalena 所骗,Roland 受伤后方鸣角而救兵至,战败西班牙军,除掉 Karalena。

民间抒情诗,是限于拉丁民族的,以法兰西为中心,以地域为法南、法北两区,而南部为最流行,因为南部保存了拉丁文的特质,且受外部干戈扰攘较轻,所以文学特别发达,他们是用 Langue de'oe 写成的,其抒情名称为 Provence(南方文学之意),又称为 Cantabile(歌)。这种抒情不完全是诗,也有用散文写的,不过以抒情诗为主要。这种诗人用口唱的,称为行吟诗人(Trobador),诗便是他们所作的,本来 Trobador 之原义为新形式之考虑者,当时法国尚有以此卖唱者,以声调动人出色。卖唱者名 Joglar。有一种伟大的作品值得研究的,但也是未脱离英雄美人故事者,*Assassin et Nicolette* 这诗受当时异教影响至重,有异教精神,与 Charlemangne 之重基督教不同,而是抒发个人感情的。当时正真情感被封建思想及宗教势力压抑甚久,而从此发泄出来。此诗内容为 Ausassin 为一武士,其父为公爵。Nicolette 是亚拉伯女子,她是市长的养女。Ausassin 甚钟爱她,然以当身份地位悬殊,以 Nicolette 出身微贱,故 Ausassin 之父不允其两人结合;并令市长幽禁 Nicolette 于塔内。但 Ausassin 之父曾因为战败令其子出阵,许以战胜后许其与 Nicolette 结婚,而事后而毁约。此诗主要点是写贵族与异教徒恋爱。

至于北部抒情诗是用 Langue de oil 写成的，诗人通称为 Trovere（原为人名），歌者称为 Jongleur。因北部受外来影响大，所以只有断片，其流行的诗是：战争、正义、道德、名誉，其价值不及南部。

（四）表现基督教思想之文学

中古两大潮流，一为封建思想，一为基督思想，在这两大潮流下，人们想自由读书是不可能的，不过在僧侣阶级，他们是能懂拉丁文的。其时支配中古基督教学说者为 St. Augustinue。他的教会学说，在中古是个权威者，他是 5 世纪时人，此后都是继承他的学说，所以可以说他代表中古一切思想，支配 5 世纪至 10 世纪的哲学，其学说要点以为人类是充满了罪恶的，以为从前亚当夏娃犯罪，以至永劫子孙，须倚靠神力方可免罪，上帝降下恩惠，仍忏悔祈祷，仍可以上天堂，他这种思想，应该属于矛盾的二元论，简单的说，精神与肉体未能一致，灵之活动，为肉所妨碍，所以认为一切欲望，为罪恶之渊薮，假使能抑制欲望，则能发扬光大。但所谓博爱，是摒除了学者，而是爱小孩之天真烂漫之纯洁体。在 12 世纪时已经有了大学，在思想方面本来不应有不同之发展，然其时有经院派的哲学，尚未能脱离神之范围，人类仍为神之奴隶，可知中古基督教势力之大。当时对学问上的修养，如文法学、修辞学、论证学、算学、天文学、几何学、音乐学，等等，而以神学为主要。

从文学方面所表现出来的思想，不外遁世及神之奇迹而已，基督教自身也有他的文学，如基督受难之诗歌、圣母升天之戏剧，在民间所表现者，则为遁世与奇迹之传说，其来源当然是以人类不能离神而独立存在,此即拉丁民族所谓“神的人”之意,在拉丁原文中为 HomoDei。一般曲解者,甚有把 HomoDei 这词,绘成骷髅之头骨,以两 O 为眼,M 为鼻,E、I 为口,D 为耳,如图:

关于基督教之民间传说有下列三种是值得注意的。

1. Alexius

Alexius 出身名门,其父为之订婚,欲与之娶美妇,Alexius 囿于基督教出世之念,以为娶妻妨害其修道,于新婚花烛之夕潜逃,以至流亡于外,贫病交迫,此时灵胜利而肉吃苦,不得已仍返家,但返家数日即死。其名义上的妻也死了,其父以两尸合葬,Alexius 尸尚能从棺内翻身,此可以代表遁世主义者。

2. 生命之树

中充满厌世主义的思想,树结果后,人贪食而攀登树上,不知树下有黑白老鼠嚼其根,树渐渐由枯而萎,由萎而倒而死,树下临深谷,谷中有恶龙猛兽,食果遂被吞食,此传说足以代表厌世主义者。

3. Amis et Amiles

他两人是好朋友,Amis 害癞病,须得人血洗身方可愈,Amis 溺于友爱,自杀其二子,取其血为友洗身,癞果愈。上帝见其友爱,复活其子,此足以代表牺牲者及宣扬神之恩惠之思想。

东洋文学史（手稿）

东洋文学史(手稿)

谢六逸先生《东洋文学史》手稿36页请
中国现代文学馆收藏

谢六逸家属敬赠 代表
2001年11月

《東洋文学史》

第一講

1、此の課程の意味は如何？

2、日本の研究は急務だ。

(例) (1) 地勢 (2) 歴史 (3) 種族、

友人の日本語の物語。

江戸（徳川文学）

2 奈良 平安 了 貴族

鎌倉 室町 了 武人 僧侶

Edo Tokugawa

(1) 江戸时代，徳川时代。

(2) a，慶長五年——慶応四年。

1600 家康入江戸城

1868 明治維新

b，慶長八年——〃〃〃。

家康封征夷将军时

関ケ原战争。徳川家康与石田三成战。三成败被杀，家康胜，建都江户。

(3) 江戸以前

a)文学为一階級独占。(公卿，武人，僧侶)

(4)江戸时代起 (和歌)

a)貴族文学（国語学，漢学者）

b)平民文学（通俗文学）

家康提倡汉学，重宋儒朱熹之说。

建设军国主义政治。

[右侧批注：]
江户(东京之古名)
2奈良了贵族
3镰仓 } 武人
 室町 } 僧侣

关原战争。德川家康与石田三成战，石田三成败，家康胜，发到江户。

最有名的为藤原惺窝。~~[illegible]~~有新井白石，室鸠巢，熊泽蕃山，荻生徂徕，赖山阳等继起。

最发达时期元禄1688—1703（共十六年间）清圣祖27—42年。

发达の原因 （远）前代の影响。

（近）~~经济的解放~~。

因三 { 1. 时代平和。
2. 经济的反革一解放
3. 平民的实力充实。

（1）艺术之花，常开于和平之国。江户以前为战国时代，即文学里的产物，社会动摇，发生活的威胁。此时除国内有大灾及地震之外，殊少可以记录之事物。

（2）宽永以后，由武力中心时代到经济中心时代。商业发生盛旺，金权压倒政权。

~~（3）平民[illegible]，[illegible]~~

彼时民众读文艺为娱乐之物

→（3）平民阶级抬头，

6) 思想

获生徂徕一派学。(治国平天下)

儒教思想。

武士道思想。(前代)→权势与名誉。

神道思想。(以现世幸福为直接目的)

英雄崇拜。

全国人皆信神灵之言。

天神七代,地神五代。

阶级争斗

7) 町人道(町人阶级——农商阶级)

重功利。→金本位。

假名草子 内容

1 佛教文学

a) 铃木正三（作 二人比丘尼）

铃木原为武士，于四十二才时出家，周游各地十余年，后隐居三河石平山，号石平道人，死时77才。

b) 著作 二人比丘尼，因果物语，反佛草纸，破吉利支丹（攻击耶教）

c) 二人比丘尼，记须田弥兵卫妻十七才时，丈夫之死，陈其女求悟之情，道念深

d) 因果物语，借人们说地狱极乐之境。

大阪——经济的中心

浮世草子

a) 一代男

○ 恋爱与肉欲の泛滥。

○ 八卷

○ 写放荡好世の多方的享乐生活，分54

小说神髓 [illegible] (1886–1895)

[illegible] 1885 (明治18 [illegible])

Sir Walter Besant The Art of Fiction (1884) ✓

F. M. Crawford, The novel (1893) X ✓

Henry James, The Art of Fiction (1884) X

D. G. Thompson, Philosophy of Fiction (1890) X

B. Perry: A study of Prose Fiction (1902) X

C. Hamilton: A manual of the Art of Fic. (1920) X

[illegible] { [illegible] / 〃 〃 封建道德

上卷——[illegible]

下卷——[illegible]

[illegible] ① Novel 与 Romance 之[illegible]

② [illegible]

③ [illegible]

④ [illegible]

[illegible]

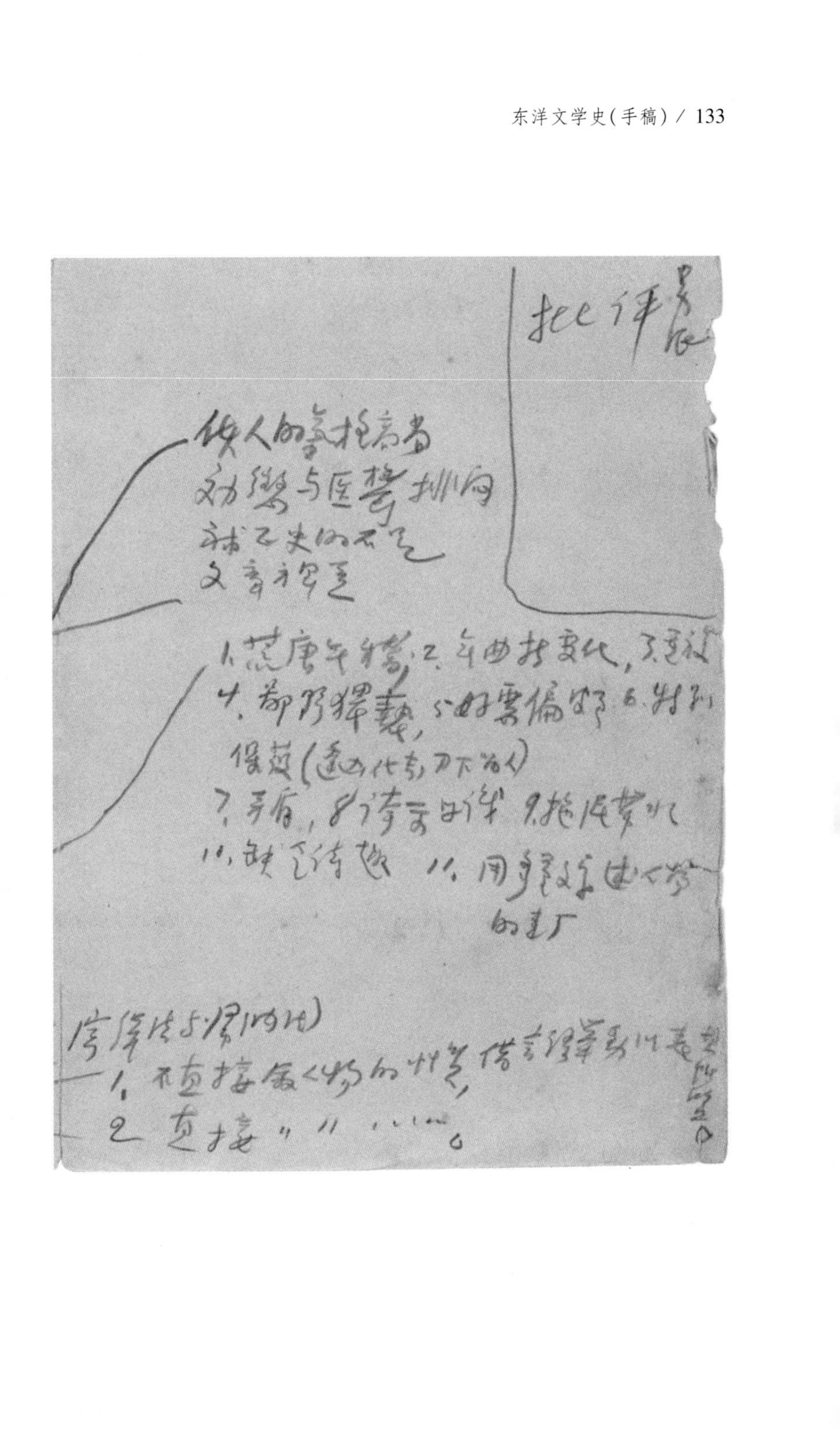

批评

作人的气格高尚
对徼与医学排问
对正义的不足
文章含蓄

1.荒唐无稽 2.无曲折变化, 3.过板
4.卑野猥亵, 5.好写偏好 6.对于
保守(远西化东西下落)
7.矛盾, 8.修辞时代 9.拖长节奏
10.缺乏诗趣 11.用语调谐 的主张

序说
1.不直接 的影响
2.直接 〃 〃 ……。

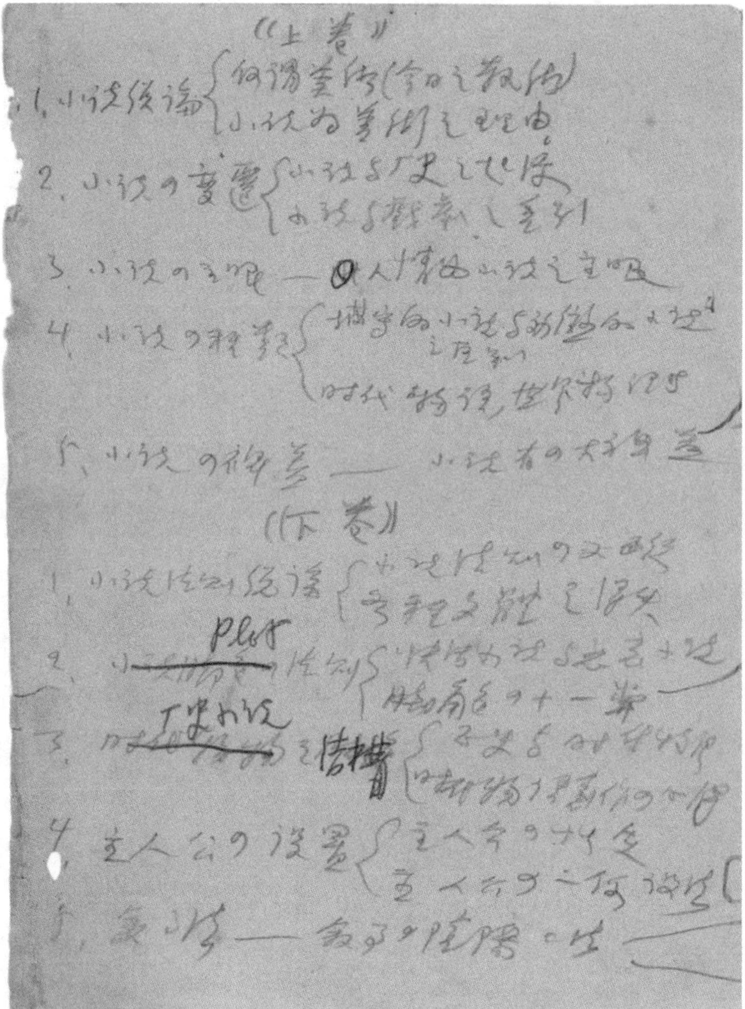

传奇小说——村上浪六

侠客

侦探小说

黑岩泪香

史传（伟人志士行踪）德富苏峰

历史小说

高山樗牛

明治维新の要因

(1)
1868（清穆宗七年）元年
明治天皇
改江户为东京
(2)设太政官
1869 废封建置郡县
废公卿、诸侯，为华族
改军制，设兵部。
设北海道
创设电信
(3)
1870 改革藩制，用人事务，
与西班牙，瑞澳两国交换条约
在英法德美置少辨务使
发布新律
(4)
1871 在东西两京及大阪间设邮政
与清修好条规
散发脱刀，废秽多非人之称。

1872(5) 设陆海军部，东京、横滨间之铁道成立。并颁布学制，设国立银行，开博览会，废[illegible]院、民部省，起征韩论。

1873(6) 发征兵令，设内务省，改正地租，改[illegible]制，设女子校，废禁教令，设公园。

1874(7) 征台湾，副岛种臣等建议设民选议院。

1875(8) 新政派[illegible]，设元老院、大审院及府县裁判所。出版条令，新闻纸条例。

1876(9) 禁士族佩刀，起神风连、秋月、萩之乱，[illegible]宪[illegible]成立。

1877 地租减轻，西南之乱，开内国劝业博览会，设电话，设学习院。

歌舞伎

起源 ① 出雲杵築神社之巫女阿国（17 cent.）
至京都演念佛踊（黑衣红带，叩金鼓）
② 后由山三郎教以歌曲，阿国带刀
包头而舞，是曰歌舞伎。
③ 后加入男子妇女儿童
④ 后有人仿之，起女歌舞伎，由京
都島原之妓女扮演之。
⑤ 其名女优佐渡島正吉
至江户，在吉原之仕切城町
演歌舞伎，猿若丹后在江户
之中桥演歌舞伎，加三味线
之乐器。
⑥ 女歌舞伎（男女合演），于1629年
被德川家光将军所禁，故迄今
东之女优不发达。
⑦ 女歌舞伎流行后，在京都有美
少年的歌舞伎，称若众歌舞伎

⑧除若众歌舞伎禁停后
除凡歌为倡优者的剃前发 是即
因前额剃掉的前身，为野郎歌舞伎。

⑨角色——
a) 立役（演善良人物）
b) 敌役（恶人）
c) 道外方（滑稽者，恶人丑）
d) 親仁方 or 親仁（老翁）
e) 花車方（老妇）
f) 若众方（少年）
g) 子役（小儿）
h) 若女方（年青妇人）

⑩名伶 坂田藤十郎（1645—1709）
市川团次郎（1660—1704）

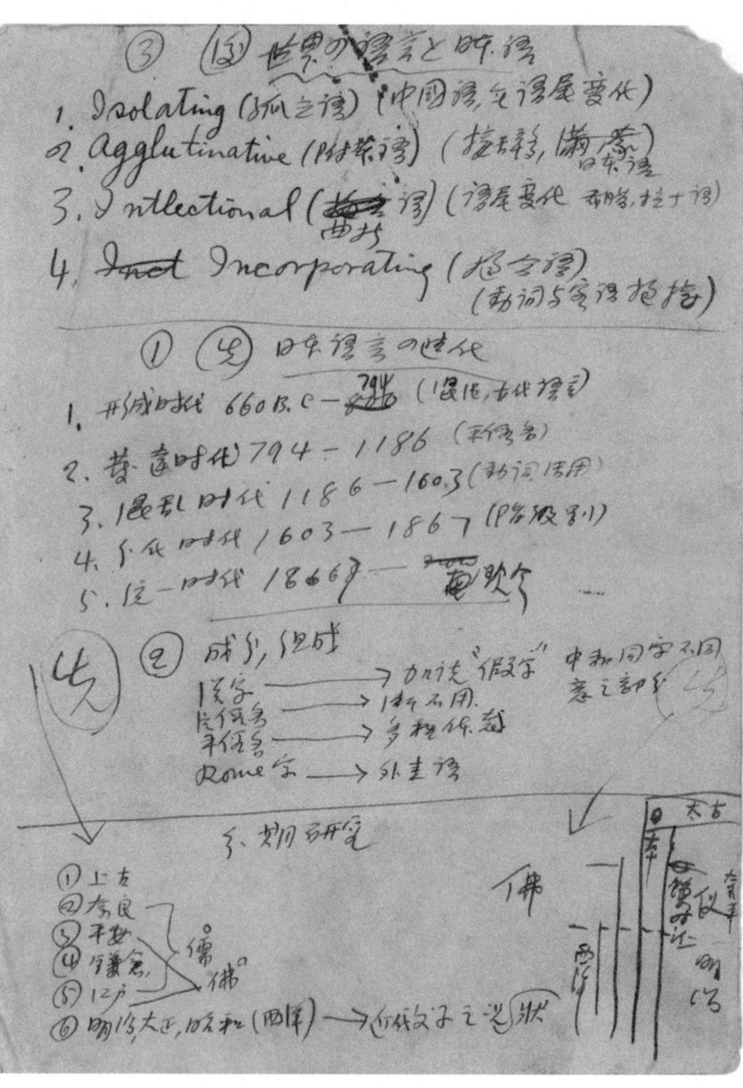

世界の言語と日本語

1. Isolating（孤立語）（中国語，無語尾変化）
2. Agglutinative（附着語）（接頭語，~~满蒙~~ 日本語）
3. Inflectional（屈折語）（語尾変化 希腊，拉丁语）
4. ~~Inct~~ Incorporating（抱合語）（动词与宾语抱合）

日本語言の時代

1. 开成时代 660 B.C—794（混化，古代语言）
2. 奈良时代 794—1186（平假名）
3. 混乱时代 1186—1603（动词活用）
4. 江户时代 1603—1867（阶级别）
5. 统一时代 1868—现今 ……

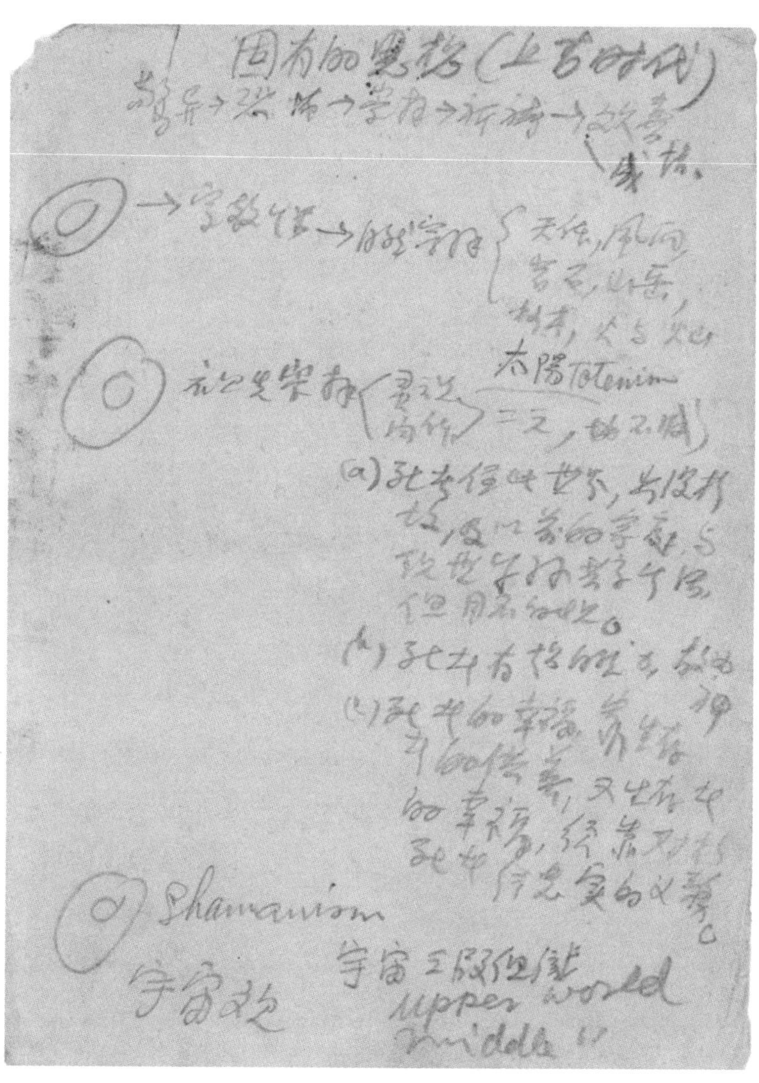

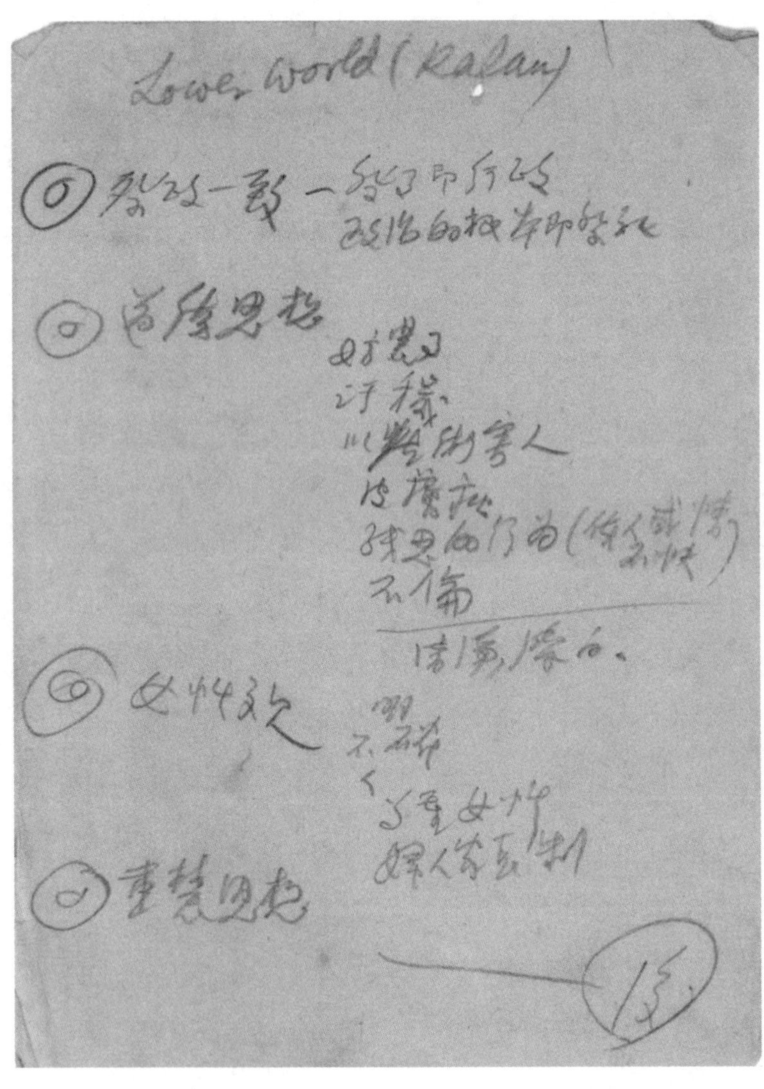
Lower World (Kalan)

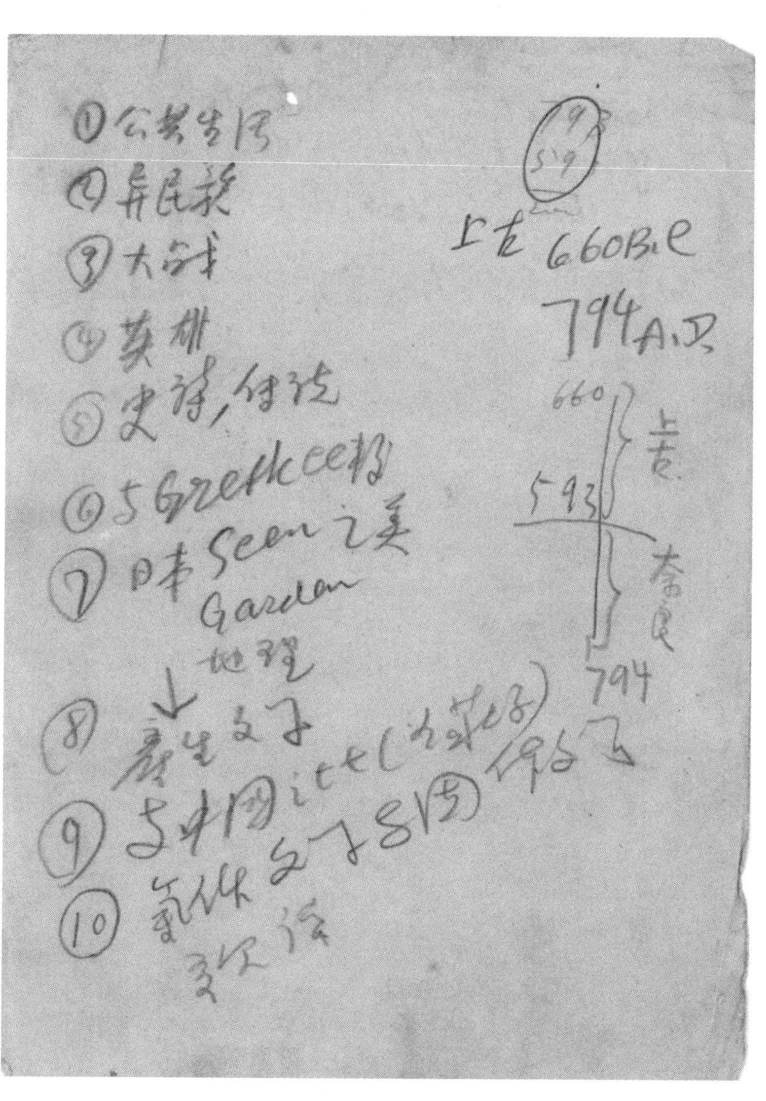

身边小说
女作家
主题小说

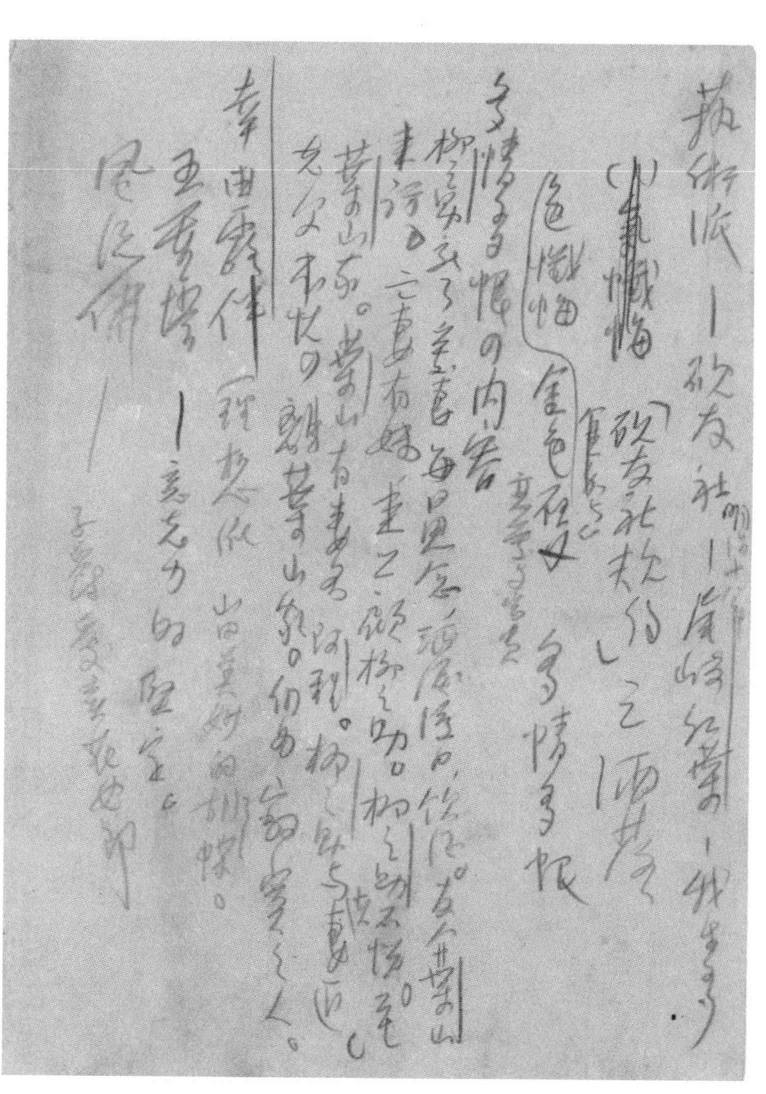

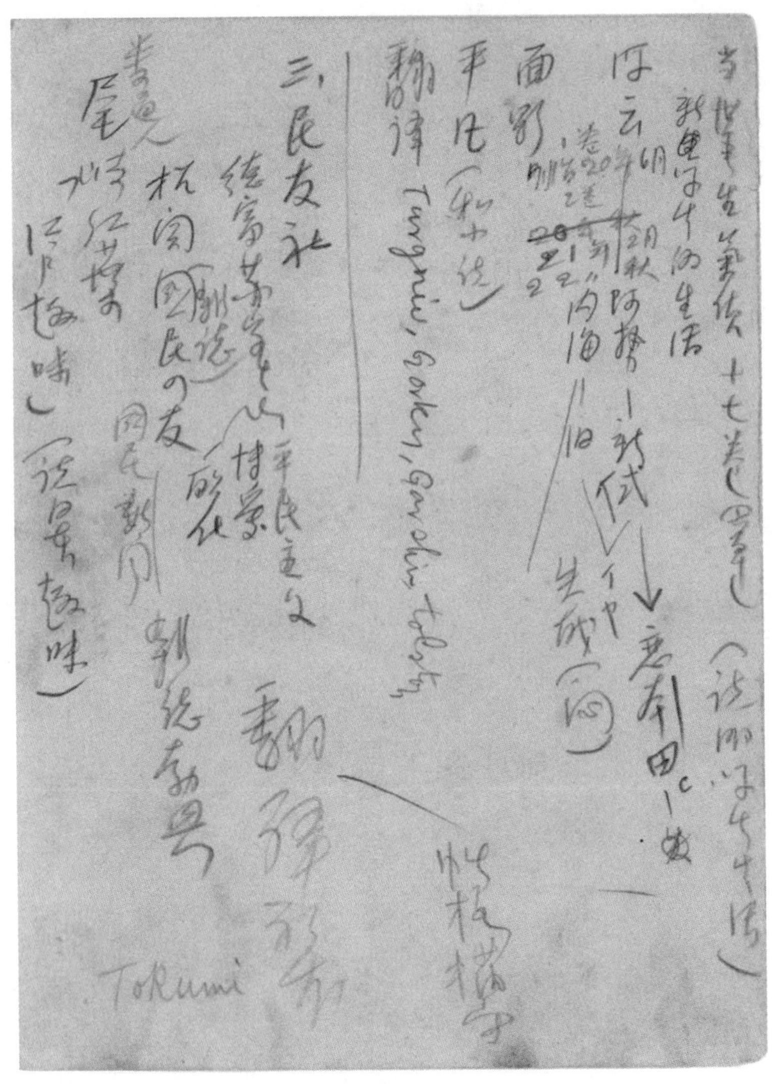

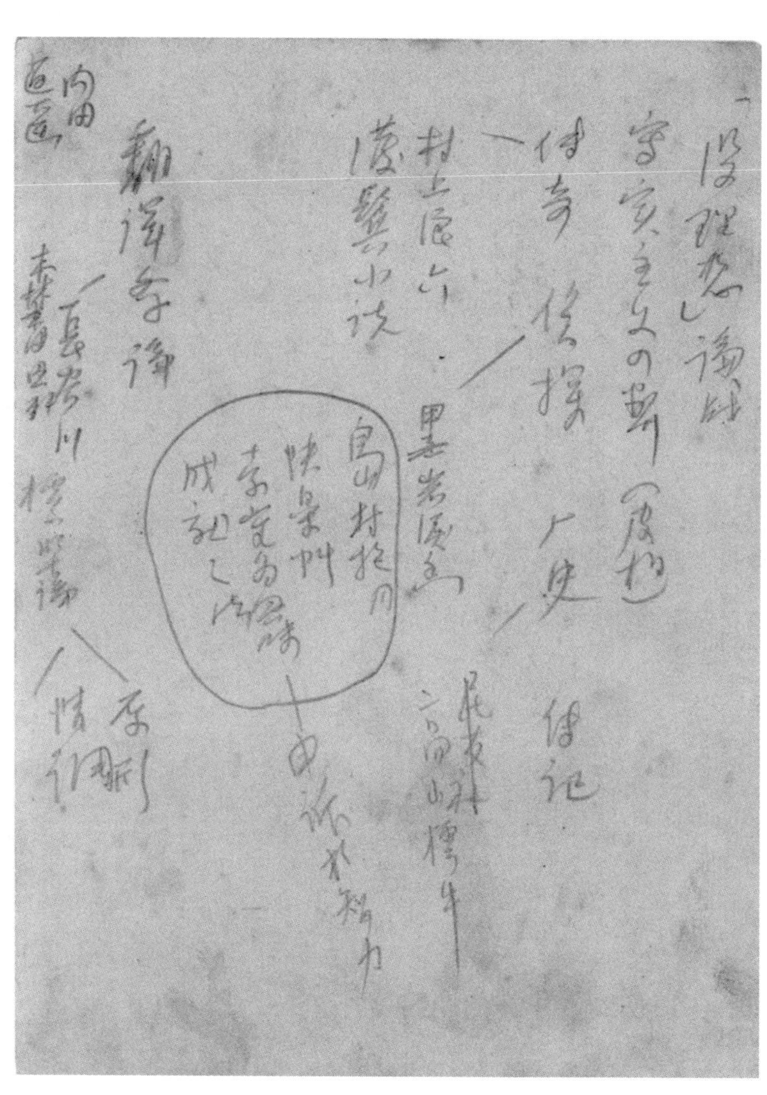

当世中生试文

1）试述中古时民族之变迁，并列举其所表现之国民性。

2）中古建筑共分几类，每种之特点如何

3）中古经济与都市之关系试述

思纪

第二期 浪漫主义
(1896-1905)

中日之战 1894-1895
光绪20 21年

~~日俄之战 1904-1905~~
~~光30 光31~~

国家主义 军国主义与官僚主义的结合

实业界 产业界 进步
思想界 学术界 繁荣

思想：
日本主义的提倡 {高山 木村 井上}
发扬建国精神
尊敬国民的祖先
排佛教与耶教 建设新时教
即国家主义

世界主义与个人主义
对宗教的自由
姊崎号嘲风
社会主义（社会民主党）
安部矶雄 [illegible] 木下尚江 片山[illegible]

~~文学~~ 浪漫主义时代

小说 社会的幻影

砚友社—柳浪 镜花

帝大派—高山，大町，上田敏等

早稻田派—金子筑水 岛村抱月

五十岚力

文学界派—平田秃木，岛崎藤村

户川秋骨，中西[illegible]

悲剧小说

① or 深刻小说 架空的

社会小说 川上眉山的书记官

以社会为 泉镜花的外科室

题材的小说中

写悲剧，写罪恶，谓社会的罪恶之源。

~~② 深刻小说~~

广津柳浪的

黑蜥蜒

都贺→夫一大会

[illegible]

→[illegible]

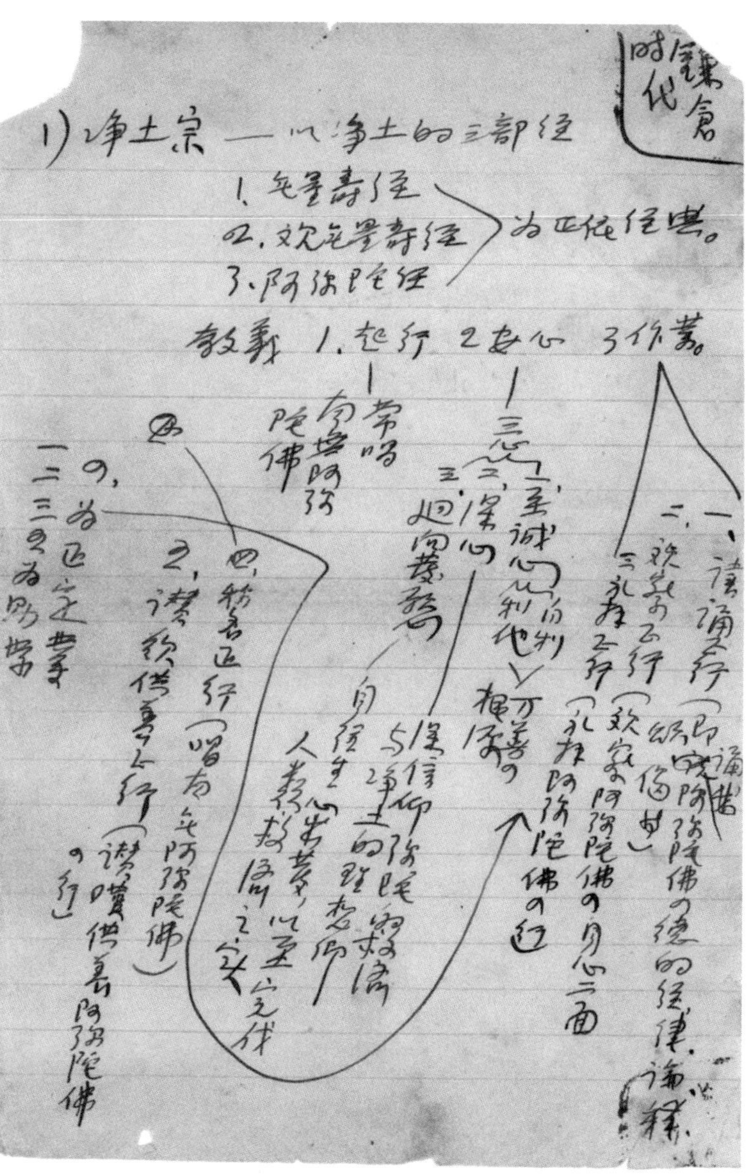

镰仓时代

1）净土宗 —— 以净土的三部经

1. 无量寿经
2. 观无量寿经
3. 阿弥陀经

为正依经典。

教义 1. 起行 2. 安心 3. 作业。

起行 —— 常唱南无阿弥陀佛

安心 —— 三心：
一、至诚心（自利利他）→ 万善の根源
二、深心 —— 深信仰阿弥陀的救济与净土的理想
三、回向发愿心 —— 自信生之心出发，以至安定之代，人类救济之实

作业 ——
一、读诵正行（即读诵阿弥陀佛の德的经、律、论、释）
二、观察正行（观察阿弥陀佛の身心二面）
三、礼拜正行（礼拜阿弥陀佛の足）
四、称名正行（唱南无阿弥陀佛）
五、赞叹供养正行（赞叹供养阿弥陀佛の行）

四の、为正定业
一二三五为助业

2）净土真宗与親鸞

親鸞生于高仓天皇承安三年（生地为京都）九岁登比叡山受戒 21—29岁在山上学佛有名于时，为法然弟子. 又流放越后之地。52岁时著教行信证文類六卷。63时住京都，著述甚多。90岁示入寂。

此宗分本願寺，大谷，高田，木边等10派。寺院合计19640，住持1400余人

特色： 纯粹提倡他力，重视凡人。
平民的宗教

3) 新華法宗与日蓮

日蓮生於房州(御白河天皇貞應元年二月十六)幼名善日麿,12才时登清澄山学习天台真言宗。18才剃发。21岁时至鎌倉,学习净土宗、然阅记室。22才登比叡山学法華经。32才归清澄山传信与听众,讲"念佛无间,禅天魔,真言亡国,律国贼"。是为日蓮开教之第一声。所论过激,人多不直之。(然后作立正安国)并主以及国论宣传与人,攻击他宗。於天文八年九月十二日被幕府斩於龍口,后减一等免。50才时后受赦免,著开目抄,61才入寂。

此宗以法華经为至上之教,視他教为邪宗。

a)念佛无间 指念佛宗墮入地獄
b)禅道乃天魔 禅不立文字以心传心
c)真言亡国 (弃自国,为他国人)
d)律戒国賊 律宗外持戒而内墮落

(續頁)

三大秘法

1. 本门本尊
中央书题目，周围绘地狱、饿鬼、畜生、修罗、人间、天上、声闻、缘觉、菩萨、佛十界。

2. 本门题目　归命之法，即唱七字题目（南无阿弥陀佛）

3. 本门戒坛　题目包含一切戒法，以七字题目为戒坛，唱题目即为持戒也。

日莲宗　共十1派　合计5100余寺
信徒　4100余人

4）禅宗

重坐禅，全不依经典，以宇宙万有为所依经典。不立文字，以直截传佛祖之心印。以心传心也。

中国以曹洞，法眼，云门，沩仰，临济为禅门五家。

此宗以结跏趺坐，思惟静虑为主（即释迦成道之像）（左足置右足上，右足置左足上）

~~右手安放左足上，左掌~~

5）融通念佛宗（良忍）

念佛功德与一切人融通，一切人的念佛功德亦与我融通。以华严经与法华经为所依经典，三部经（净土三部经）为傍依经典。

每朝念诵向西方合掌唱"弥陀所赋，融通念佛，亿百万遍，决定往生"

寺院361 住持256人

为诸派中之最小者。

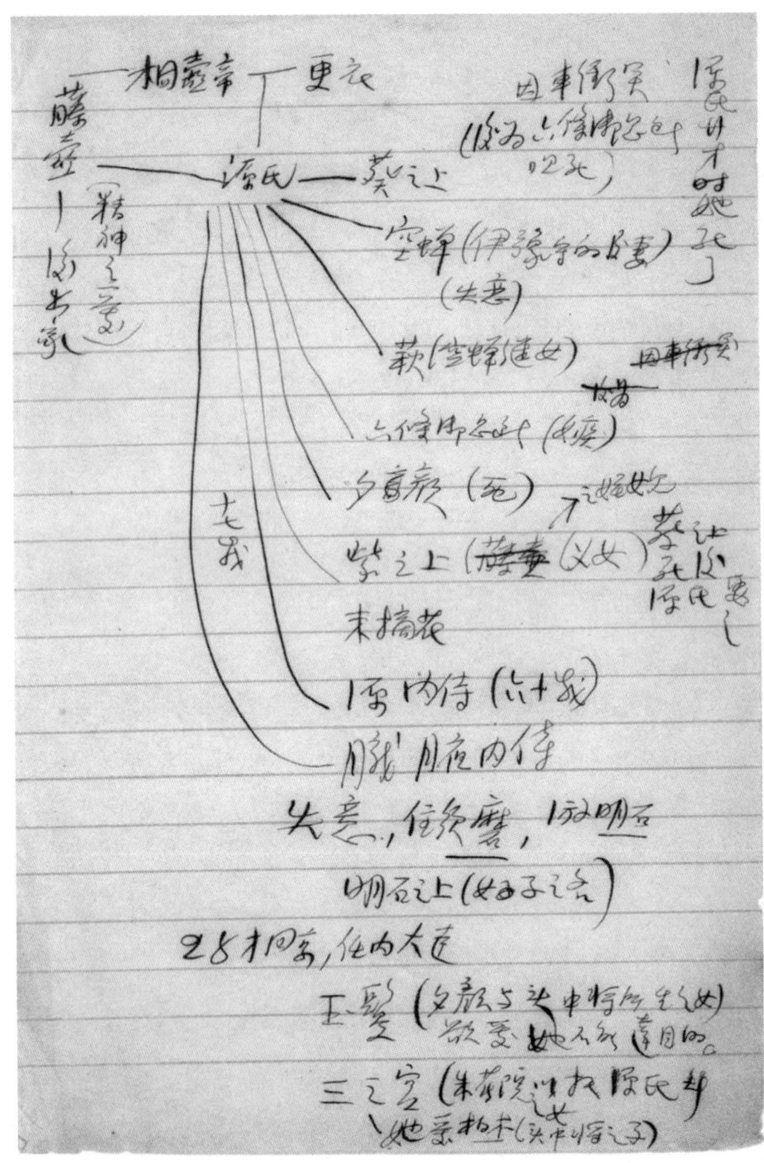

三之宫生一子，实柏木即[illegible]薰大将时紫之上逝世，五十二才源氏死去。

以上四十四帖

宇治十帖写薰大将之家

对于源氏物语的见解

本居宣长　源氏的要文

和辻哲郎

津田左右吉——运命之力不可抗。

藤冈作太郎——理想小说

高山樗牛　人生享乐之写照，写实小说

Aston　人情风俗之忠实的记录，对于自然美的鉴赏

缺点：

(1) Sentimental 过于，无意志感情之泛滥

(2) 结构不佳，同一场面反复，例如 桐壶更衣之死，葵之上——，夕颜——

今昔物语31卷

(一) 1. 天竺之部 (1—5)

1释迦 2同上 3同上 4佛后(涅槃后,佛弟子之事迹) 5佛后(释迦摆婆娑前生之事。

(二) 2 震旦之部.(6—10)

6.佛后(佛教传入中土始之事) 7.佛后

8(不传) 9孝养(报恩谈) 10正史

(中国的史谈与庄子的寓言)

(三) 本朝之部 (11—31)

11 记佛教传来建立佛寺 12 记法会

近代僧侣 佛教修持功德 13.法华经

之功德 14 同上 又其他经文,陀罗尼之功德

15 往生谭 16 观音之利益 17 依佛

(地藏之利益) 18(不传) 19 佛教制

话(各人出家,利用佛物之果报)

20(天狗外术,报恩谭) 21 不传

22 藤原氏 23 武勇谈 24 世俗,医

药,阴阳,诗歌,诸艺精妙之人的事迹

25 世俗(争斗) 26 宿报 27 灵鬼

28 世俗(滑稽,怪异谭) 29 恶行(记盗

贼) 30 杂事(夫妇人伦谭) 31 杂事(补遗)

(2)

1.
次第——序词

2. 名告——报名

3. 道行——叙旅行之趣

4. 一声——叙怀之句

~~5 插入~~——

6. 歌　7 问答　8

9 语——白　10 小呗

思想——迷妄，嫉妒，爱别离，因果，轮回.

要领

1、谣曲之起源　雅乐，散乐 唐

到元的杂剧（猿生阿弥）

2、集大成者二人 先 1.观阿弥 2.世阿弥

后 1.音阿弥 2.金春禅竹

3、1派别

四座　一流

观宝金金　喜

世生春刚　多

4、题材

a）神事　为古代神话传说，社寺的缘起为主，取材于日本书纪，古事记，播磨风土记，常陆风土记等。

b）修罗物　取材于平家物语，源平盛衰记，保元物语，平治物语。

c）女鬘物　取材于源氏物语，伊势物语，大和物语

d）杂会　曾我物语，义经记，

[illegible]

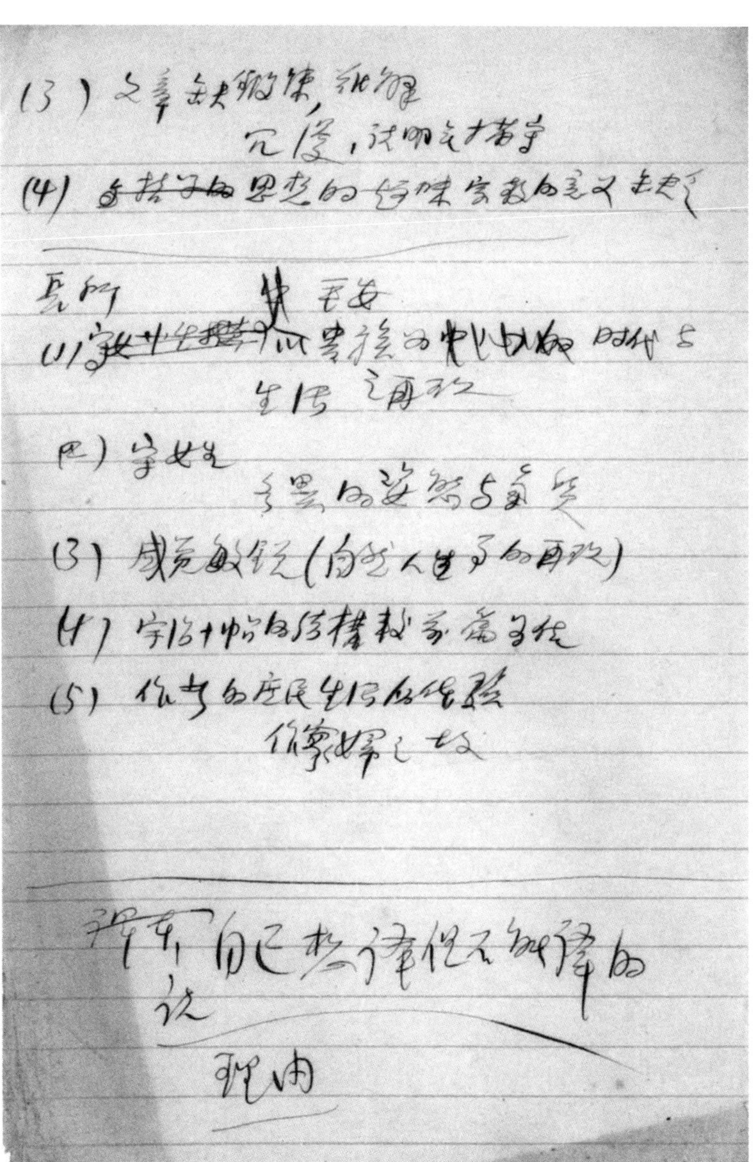

平安朝

平安时代—贵族的文艺，贵族的生活如画如梦。
当时民众——大部分农民—受教养—信宗教—苦役。

(1) 京之山水美影响平安贵族
宇治名胜琵琶湖
缀锦明石 东方山峰 西岚山 天王山
北比叡山 南宇治川巨椋池 Okura
山紫水清，气候温文。朝夕之景变化。
自然之诗趣，为贵族之审美素养。

(2) 贵族在教养上的努力（汉文文学与佛教）

(3) 文字为生活修饰的要物，当时贵族对于诗歌吟咏，极力争夺为其性命，以诗歌为将来日于诗歌竞技。至要改进为争中乃已。

(4) 感情本位，情趣本位之生活
人不思索，无理性的性格，慕爱文字，文字的修饰，享乐的气质，衣食住的美化

(5) 假名文字

(6) 朝廷侍从

鎌倉时代

耽逸者的贵族与崛起之武家的交替—社会的转换。

新社会形态—封建国家，武力阶级。

当时社会的特征。

(1)庄园制度(贵族领地)崩坏，武家知行地(封地)成为支配的土地制度。封地关系的成立，为封建制的第一特征。

(2)主人与家来的隶属关系确定，成立人的阶层制。忠义观念，成为根本的道德。此成为武士道的形式发达。君臣从属关系，是为封建制的第二特征。

(3)农民全隶属于土地，成为附属于土地的财产。农民带农奴的性质，是为封建制度的第三特征。

(4)职业分化，商人与手工业者的团结，成为一种"座"的制度。形成"亲方""职人""徒弟"的阶层制。此"座"制与Europe的Guild制相同。此为封建制度的第四特征。

(5)政治权力全移至武士阶级之手，社会阶级之中心要素为武士。

将军就为官僚，由朝廷任命，不过为形式，为武士阶级的最大指导者。

大名为地方有大领地的豪族。

(3) 农奴的农民——附着土地，非主人的许可不能移转

农民

商人

手工业

(4) 贱民——奴隶——劳动民众

世袭奴隶

[illegible]

扫除秽[illegible]

[illegible]

室町时代

群雄割据，大名领地发展。

(1)小规模的封地崩坏，大规模的大名领地制发达，成为政治权力的单位的基础。

中央权力崩坏，地方权力成长。

(2)严格的社会阶级制紊乱，自由等解放。

(3)隐形的有组织的民众的阶级争斗开始。

农民一揆。

(4)Europe的资本主义渐侵入日本，欧洲的商工业影响及日本(如铁炮传播传来，即在此时)

(5)都市海港发达，座制崩坏，战争技术一变，自由商业成长。

当时的社会阶级

1. 衰残的公卿贵族

平安朝的支配者贵族群到此时代陷于悲惨穷乏的状态。因庄园被武家所夺。到室町时代，公卿衣服缺乏，食物为饥馑所苦。多数公卿都为诸侯大名的食客。帝室的窘迫如此，皇居围以竹垣。

2. 武士阶级——支配者阶级。其首领为将军，大名。此二者为事实上的贵族，

(1

以合战为主题

战记物语

1. 其成立为国民的(作者与制作年代不一定。

2. 可以和乐器,使国民共感共鸣

战记物语为国民间最爱读的书物

可以与琵琶和奏

3. 物语的内容,最能发挥日本国民的性情

由此种数物语,可以看出

a)为主忠君,

b)祖先崇拜,

c)爱重名誉,

d)尚武任侠,

e)锺爱自然。

4. 其结构与人物亦为国民的

以历史上的事实为主材,除史实外,又加上空想,富于剧的结构,又配合多量的传说的要素,亦有小说的,诗的分子。其人物的性格与行动,发挥国民英雄的面目。

5. 表现的形式，适于国民诵读。

前代文学为贵族的，女性的，古雅的，祇僧人懂，一般人与之无缘，不能普及民众。~~此种句子~~此物语表现方法，为近代的文字，富于音律，便于朗诵。

6. 对于后代文学的影响甚大，有功于国民思想的陶养及国民文学的发达。

后来的谣曲，剧本，狂言，通俗小说，有许多取材于此

时代（保元平治之乱）
武人阶级勃兴
（源赖朝置幕府于镰仓）

◎ 战记所表现的人物性格！——
合战为生存竞争上两势力的斗争，或感情利害的冲突。
人物性格极为鲜明 ——→

大都不出武士道的精神。

武士应具之德——

忠义，武勇，名誉，廉洁，节操，恻隐情（宽恕，雅量，仁慈），决断，优美，信义，孝行，友情，报恩，死生达观，神佛。忍耐，勤勉，学识，容仪，思虑，俭素，淡泊，克己，忠实，训练等。

战记 中

物语所表现的日本精神

~~1. 国家意识~~

~~万古神国也，~~之不可不守之。

~~2. 尊王思想~~

~~传统的~~

天

1. 对神的观念

祖先，与自然……

2. 信灵魂不灭

3. 以梦为神意之显示

4. 敬心 —— 卜筮，宿命观

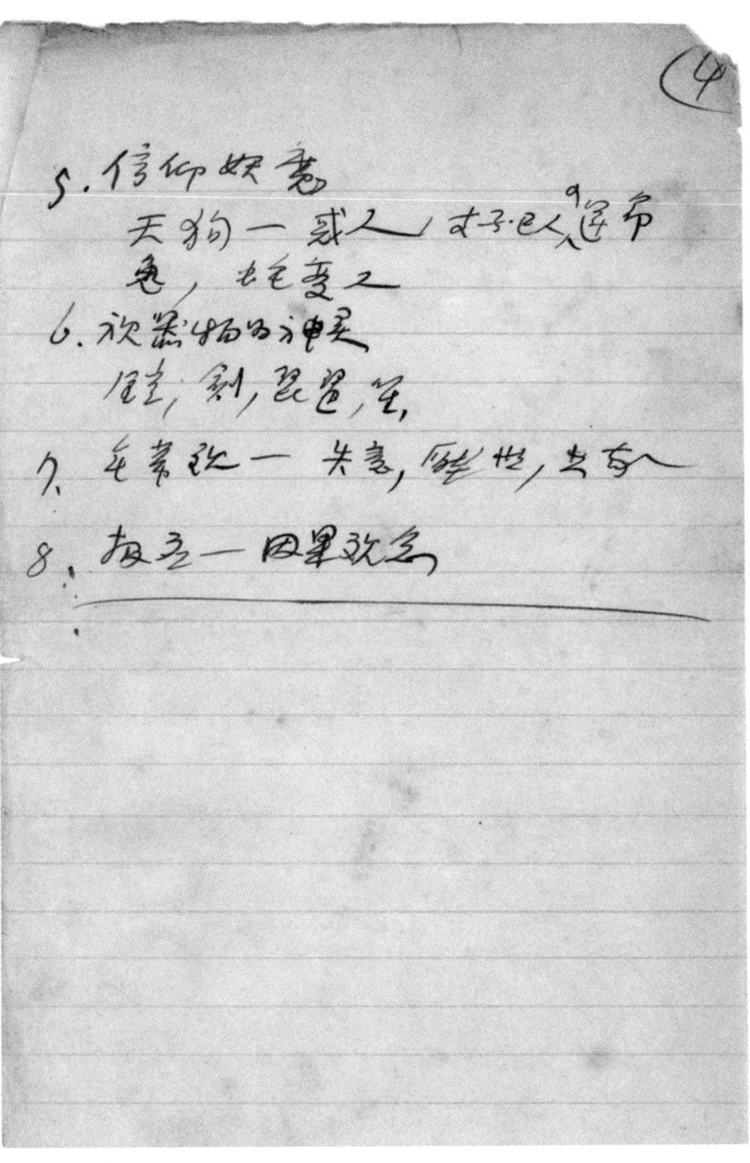

(4)

5. 信仰妖怪

天狗—武人，女子·巴人的运命

鬼，妖怪变化

6. 视器物为神灵

镜，剑，琵琶，笠，

7. 无常观—失意，厌世，出家

8. 报应—因果观念

(3) 保元物语

以兄弟，父子，叔侄甥舅之互相杀害为材料，加以空想，有运命的悲剧的趣味。

(4) 平治物语

主要人物1)信赖 2)义朝 3)信西 4)清盛 此四人惹起平治之乱。

信赖与信西之不和，因起纷争，字只々互相残杀。

西行法师——山家集

源实朝——金槐集

对古今和歌集在文学史上的价值

（守佛教思想）——抱着思想 [illegible]

内容 20 Vol.

1—6—四季歌（707首） （282首）

7—10 贺，哀伤，离别，羁旅之歌，

11—15，恋歌 15—18 杂歌 44

19—20—神祇，释教之歌 418

除战记以外，兼容下列各种事项：——

a) 关于出家，修行，说法等事子
b) 个人的经历，人物，逸话等事。
c) 关于宗教等事
d) 关于风俗习惯，游戏，趣味等事。
e) 关于女性的情话。
e) 多愁思，哀情等。
f) 关于名所旧迹等。

平家物语の结构

分为两部 前六卷 叙平家一门的荣华
后六卷 写平家一门的衰败

12卷
88章

~~平安末叶~~
源平二氏战乱
镰

前一以清盛为中心人物 — 性格 — 横暴
后一以重盛为副 — 忠 — 温厚

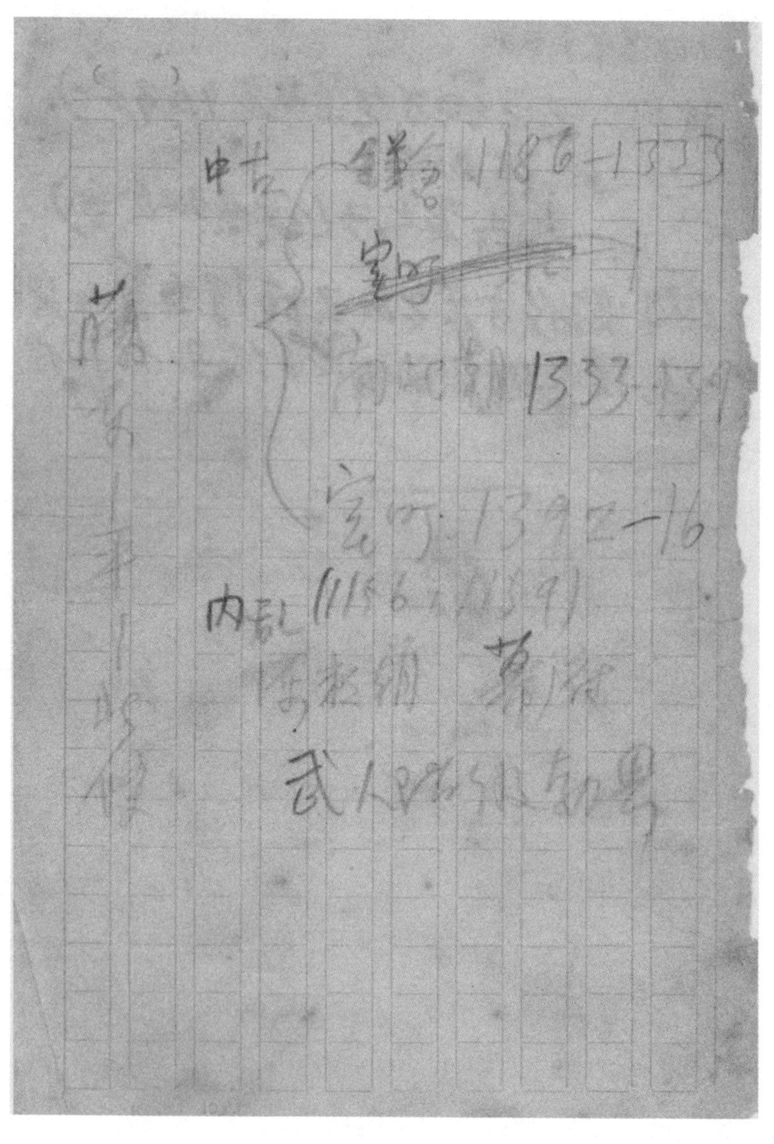

徒然243段

理想　1.不欲长生(不超40可死)
2.不欲有子
3.无妻亦可(但不可无女色)

3段　纵使万事皆能，不懂得恋爱的男子，总是杀风景的，好像玉杯没有底。

武士道的

① 武士道的由来

起源平安，奈良时代

以镰仓时代（1168—1333）为盛。

武士道精神在西洋及中国均有，但都有为日本之一最著者也，为日本文化的大要素。所以于此时之原因：——

(1) 武士阶级之抬头与战场经验

(2) 幕府之武士道奖励

(3) 由禅宗以锻炼身心

自平安时代中叶起，各地方有力的武人豪族以寺院为中心以扩张势力，主之经营田产，出征于战场，养其家臣侍从，然后使常带剑，有利害的，乃领地方的，劳农人的。

代表当时武士阶级的豪族有平氏源氏，依领地之大小，各有相当之兵力，依共通的利益，互结为党派，造成势力，有所谓"家人""郎党"。豪族之中，依侍从地位而有实力者，有许多人集于门下，誓其服从。

主人对于郎党恩威并施，收揽人心，故主从关系为坚固，故促成武士道之基建。在当时成为"积与阶级（对其他阶级不言）有的道德伦理。"

自源赖朝在镰仓后，即在武士间鼓吹忠孝。当时武士道之构成要素，为——(1)忠，(2)孝，(3)刚毅，(4)礼仪，(5)名誉，(6)廉俭，(7)朴直，(8)淡泊。

（(1)—(5)）最大要素　（(6)—(8)）健康生活

忠——对于主人绝对服从，守护国土，源赖朝以来在伊豆三浦义明年八十的赖朝，今井兼平对主人木曾义仲死后自刃。

孝——例曾我十郎五郎讨父仇祐经

刚毅——勇

礼仪——作揖鞠躬

武士多学禅（与西洋中古武士之信仰基督）所谓"剑禅一致"。

□、江户时代 武士道更为组织化，有山鹿素行、大道寺友山等组成之，成为一种学问，市民思想，武士衰落（和平）赤穗四十七人即[illegible]之证

(二) 武士道的学者

(1) 宫本武藏 著兵法五轮书

(二) 山鹿素行

(三) 北条竹园

(四) 吉田松阴

剑道，柔术（依顺得胜 to conquer by yielding）

人名索引

Achilles 62、63、64、65、75、87/阿喀琉斯

Ademetus 86/阿德米托斯

Aeneas 62/埃涅阿斯

Aeschylus 82、83、84、86、88、91；亚斯基洛司 31/埃斯库罗斯

Aesops 80/格·伊索

Agamennon 62、63、64、69、84、85、87/阿伽门农

Ajax 62、63/爱杰斯

Alcestis 86/阿尔克提斯

Alcinous 67/阿尔喀诺俄斯

Alexius 123/亚历克修斯

Alkcus 78/阿尔克卡斯

Alkman 78/阿克曼

Amiles 124/艾米尔

Amis 124/艾米斯

Anakzeon 78/阿那克里翁

Andromache 63/安德洛玛刻

Antigone 85/安提戈涅

Aphrodite 57、58、59/阿佛洛狄忒

Apollo 55、58、59、84、95/阿波罗

Archilochus 80/阿尔基洛科斯

Ares 58、59/阿瑞斯

Argus 70/阿格斯

Aristophanes 90、92、93/阿里斯托芬

Aristotle 73、88、94/亚里士多德

Artemis 58、59/阿耳忒弥斯

Assassin 121/阿萨辛

Athena 58、59、66、69/雅典娜

Atossa 83/阿托萨

Augustus 101/奥古斯都

Aymon 120/埃蒙

Bacchus 58、59、80/巴克科斯

Beowulf 116、117/贝奥武夫

Boal 99/波尔

Brunhild 115、116/伯伦希尔

Byron 60;拜仑 19、21、22/拜伦

Ceres 58/刻瑞斯

Charlemagne 120/查理曼大帝

Chryseis 63/克律塞伊丝

Circe 68、69/喀耳刻

Creusa 87/克瑞乌萨

Cupid 57;Elos 57、59/丘比特

Danaus 83/达那俄斯

Danaus 83/达纳斯

David 98/戴维

Deianira 62/黛安妮拉

Demeter 57、59/德墨特尔

Demosthenes 94/德摩斯梯尼

Diana 59/黛安娜

Dietrich 116/狄特里希

Diomedes 62、63/狄俄墨得斯

Dione 58/狄俄涅

Dionysus 80、81、87、95/狄俄尼索斯

Elaine 118、119/埃莱娜

Elderly 74/艾尔达利

Enyalios 58/埃倪阿利奥斯

Epicharmus 90/埃庇卡摩斯

Etzel 116/埃策尔

Eumaeus 66、69/欧迈俄斯

Euripides 86、87、88、91、93/欧里庇得斯

Euryclea 70/欧律克勒娅

F. A. Wolf 60、61/费·奥·伍尔夫

Fatoma 58/法托马

Frederick Robertson 95/弗雷德里克·罗伯逊

Gernot 115/赫尔诺特

Giselhes 115/吉泽尔赫

Goethe 76/歌德

Grendel 117/格伦德尔

Guenves 118/杰纳韦斯

Gunther 114、115、116/冈瑟

S. H. Buthen 74/斯·赫·布森

H. G. Wells 65/赫伯特·乔治·威尔斯

Hades 57、58/哈迪斯

Hagen 116/哈根

Heaphastus 64

Hector 62、63、64、65/赫克托耳

Helen 62、65/海伦

Henrik Sienkiewicy 106/亨里克·显克微支

Hephaestue 58、59、64/赫菲斯托斯

Hera 58、59、67/赫拉

Heracles 75、86、89/赫拉克勒斯

Herades 85/赫拉底斯

Hermes 57、58、59、71/赫耳墨斯

Herodotus 60、77、94/希罗多德

Hesiod 74、76、104/海希奥德

Hestia 58、59/赫斯提亚

Hierotheus 117/赫尔布罗修斯

Hippanalaus 78/希潘纳劳斯

Hippolytus 87/希波吕托斯

Homer 73、104;荷马(Homer) 60、61、65、71、72、74、75、76、78、84/荷马

Hygelac 117/海格拉克

Iphigenia 87/伊芙琴尼亚

Jason 87/伊阿宋

Joglar 122/乔格纳

Juno 59/朱诺

Jupiter 59/朱庇特

Karalena 121/卡拉伦娜

Karl Marx 73/卡尔 · 马克思

King Arthur 118、119/亚瑟王

Kriemhild 114、115、116/克里姆希尔特

Kydoimos 58/库多伊莫斯

Lancelot 118、119/兰斯洛特

Latona 58、59/拉托娜

A. Long 74/阿 · 朗

Lysistrata 92/利西翠妲

Maia 58/玛雅

Mars 59/马尔斯

Mecury 67/墨丘利

Medea 87/美狄亚

Menelaus 62、63/梅涅劳斯

Menepaul 67/梅涅波尔

Mentol 66/门托尔

Milton 57、76/密尔顿

Minerva 59/密涅瓦

Mis Browning 107/勃朗宁夫人

Mnemosyne 58、59/谟涅摩叙涅

Muses 58/缪斯

Mykene 62/迈锡尼

Nausicca 68/诺西卡

Nelton 67/尼尔顿

Neptune 59/涅普顿

Nero 106/尼禄

Neston 62/内斯顿

Nibelungen 115/尼伯龙根

Nicolette 121/尼科莱特

W. Nietzsche 61/威廉·尼采

Nymphe 59/宁芙

Odyssey 62、64、66、67、68、69、70、71、72/奥德赛

Oedipus 85;耶的卜司 9/俄狄浦斯

Ogies 120/奥希斯

Olives 120/奥利维斯

Orestia 84/奥雷斯蒂

Oretes 87/俄瑞斯忒斯

Pan 58、59/帕恩

Paris 62、63/帕里斯

Patroclus 64、65/帕特罗克洛斯

Penelope 67、70、71/珀涅罗珀

Pentheus 87/蓬托斯

Pericles 93/伯里克利

Persephone 57、58/珀耳塞福涅

Perses 75/珀耳塞斯

Phadophil 77/法多菲

Phaedra 87/淮德拉

Phaon 77/菲昂

Phidias 94/菲狄亚斯

Phobos 58/福波斯

Pindarus 79/平达罗斯

Plato 94/柏拉图

Poseidon 55、58、67、68、83、86/波塞冬

Priams 65/普里阿摩斯

Prometheus 84、89/普罗米修斯

Renaud 120/瑞纳德

Richard the Lion-hearted 111/狮心王理查

Robertson 95/罗卡特森

Roland 120、121/罗兰

Sappho 77/萨福

Satyrs 82/萨蒂尔

Saul 98/扫罗

Schliemann 61/施里曼

Scott 112/司各特

Semel 58、81/塞梅尔

Seylla 69/塞拉

Siegfried 115、116/齐格飞

Simonides 79/西摩尼得斯

Sirens 69/海妖塞壬

Socrate 93、94;苏格拉底 91/苏格拉底

Solomon 98;沙摹儿 104/所罗门

Sophocles 84、86、88、91/索福克勒斯

St. Augustinue 122/圣奥古斯丁

Susarion 90/苏萨里翁

Telemachus 66、67、70、71/忒勒玛科斯

Tennyson 119;但尼孙 26/丁尼生

Tennyson 59/弗拉霍斯

Thebes 81、84/底比斯

Theseus 87/忒修斯

Thetis 64/忒提斯

Tiresias 69/忒瑞西阿斯

Tisias 78/蒂西雅斯

Tyrtaeus 80/提尔泰奥斯

Vesta 59/维斯塔

Vulcan 59/伏尔甘

W. H. Hudson 99/威廉·亨利·哈德森

William Cowper 74;古巴(William Cowper) 11、12/威廉·柯珀

Wordsworth 20、105;渥茨华士 30、31、32;渥茨华斯(Wordsworth) 20、21、

27、28/华兹华斯

Zeus 55、57、58、59、81、84、89、92/宙斯

阿司波伦夫人 41、42/奥斯本夫人

爱伦玻 19、29;沙得加 10/埃德加 · 爱伦 · 坡

巴尔巴拉洛 35

白达(Pater) 13/瓦尔特 · 佩特

保罗 106、107/圣保禄

蓓儿萨 10/贝尔萨

比尔莎 18

勃浪林 29、30/勃朗宁

卜耳格菲儿夫人 10/伊丽莎白 · 肖恩

卜郎尼(Brownie) 40/布朗尼

卜利耳 7/布里尔

厨川白村 96、107

大卫 104

都洛希 20/多萝西

杜甫 45

弗郎西施 · 阿卜尔敦 27/弗朗西斯 · 阿普尔顿

弗林克 7

弗洛特 8、9、10、12、13、14、15、16、18、19、29、33、34、36、38、39;弗洛特 24、27、29、38、41;西格蒙 · 弗洛特(Dr. Sigmund Frued) 7/西格蒙德 · 弗洛伊德

傅东华 74

哥梯 39、40/泰奥菲尔 · 戈蒂耶

宫岛新三郎 96、107

哈司尼特 31/Hazlitt

呵卜拉哈姻 7/梅兰妮 · 克莱因

何尔 7/赫尔

何耳特 7/霍尔特

何格 23/霍格

亨利二世 111

惠特 7/惠蒂尔

吉卜林 36、37、38、40

济兹 29/济慈

僭王 Peisistratos 60/庇西特拉图

卡莱尔 22

克拉夫特耶宾 24/理查德 · 克拉夫特 – 埃宾

克洛梯亚司 16;克洛梯亚斯 17/克劳狄斯

拉弗卡通莪 19/波德莱尔

拉勒夫斯勋爵 22

拉司金 10/罗斯金

郎法洛 26、27/朗费罗

勒 · 南格 7/埃伦 · 兰格

勒阿底斯 18/雷欧提斯

勒俄纳尔德 · 达 · 维琪(Leonardde Vinci) 12;勒俄纳尔德 13、14;维琪 12、13、14、15、16、29/列奥纳多 · 达 · 芬奇

勒洛 10、18

李白 45

鲁兰(Renan) 20、21/勒南

萝丝·鲁·司修 10/艾菲·格雷

玛利 21/玛丽

玛利乌文 11/玛丽·安温

梅茵 22 /Main

米尔顿 31/弥尔顿

摩西 104

莫里哀 10

莫特尔 3、7、8、10、11、19、22、24、25、27、28、29、30、32、36、37、39、41/莫德尔

南克 34

彭琼生 25/本·琼生

彭斯 28

琼斯 7、8、16、17、34

却而斯·南姆(Charles Lamb) 21;兰姆 21/查尔斯·兰姆

瑟妮亚 25/琪恩

沙克莱 10/威廉·梅克比斯·萨克雷

莎士比亚 16、21

圣母玛利 18/圣母玛利亚

叔本华(Shopenhouer) 19

司梯芬孙 40、41、42/史蒂文森

司吐活(Stowe) 22/斯托

松村武雄博士 3

苏菲 10、18

托尔斯泰 10

夏娃 31、122

徐勒(Shelley) 21、22、23、29/雪莱

许吉曼 7

雅各 104

亚当 122

耶尼司 9

耶稣 20、51、101、105、106、107;Jehovah 99;耶和华 99、100/耶稣

伊利莎伯 23/克莱尔

易卜生(Ibsen) 107

庸格 7/荣格

约书亚 104